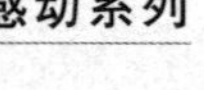

感动系列

春天的舞会

——感动小学生的150篇散文

◎总 主 编：刘海涛

◎本册主编：陈忠义 陈龙银

九州出版社 JIUZHOUPRESS | 全国百佳图书出版单位

图书在版编目(CIP)数据

感动小学生的150篇散文:春天的舞会/刘海涛主编.
—北京:九州出版社，2006.2(2021.7重印)
ISBN 978-7-80195-421-3

Ⅰ.感… Ⅱ.刘… Ⅲ.散文—作品集—世界
Ⅳ.I16

中国版本图书馆CIP数据核字(2005)第151588号

感动小学生的150篇散文:春天的舞会

作　　者　刘海涛(总主编)　陈忠义　陈龙银(本册主编)
出版发行　九州出版社
地　　址　北京市西城区阜外大街甲35号(100037)
发行电话　(010)68992190/2/3/5/6
网　　址　www.jiuzhoupress.com
电子信箱　jiuzhou@jiuzhoupress.com
印　　刷　北京一鑫印务有限责任公司
开　　本　787×960毫米　1/16开
印　　张　13
字　　数　179千字
版　　次　2006年2月第1版
印　　次　2021年7月第4次印刷
书　　号　ISBN 978-7-80195-421-3
定　　价　48.00元

目　录

春天的舞会

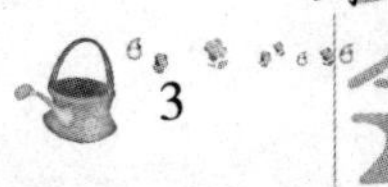

一条七色彩虹，像一座巨大的半圆形拱桥，壮丽地出现在天边。

夏 雨

●文/樊发稼

夏天，烈日当空。

“轰隆隆隆……”

——突然，从远处传来一阵雷声。

抬头望，只见一片黑压压的乌云，正像一个巨大的渔网，漫天撒来。

很快，太阳不见了。

电光闪闪。雷声越来越紧，越来越响。

紧接着，刮来一阵猛烈的风。

河边的柳树摇摆着苗条的身子；河面上的鸭群，不时扑棱着翅膀，发出“嘎嘎”的叫声，像是在喊：

“雨来喽！雨来喽！”

果然，不一会儿，透明净亮的雨点，密密麻麻地从云端里倾泻下来。

雨点掉在河里，激起满河水泡；

雨点落在高粱苗上，苗儿剧烈地抖动着绿色的叶子；

雨点敲在玻璃窗上，发出“当当”的响声……

这时，小河水流得更急了。

田野上升腾起一片白色的雾。

在淡淡的雾气中，无垠的庄稼显得更加绿莹莹、亮晶晶。

大约不到一个钟头，云消散了，雷声听不见了。太阳重新出现在天幕上，显得分外明亮。

放眼瞧，广袤的田野格外净洁清新。

空气变得特别凉爽湿润。

“看，看啊！虹，彩虹！”弟弟兴奋地大声嚷起来。

可不，一条七色彩虹，像一座巨大的半圆形拱桥，壮丽地出现在天边。

——啊，雨后的家乡真是美极了，美得像一幅绚丽的油画。

雨前、雨中、雨后

赏析／陈龙银

这篇优美的散文按雨前、雨中和雨后的次序，描述了家乡的夏天下雷雨的情形。雷雨来临前，先有雷声，然后是乌云压来、电光闪闪，接着是风猛烈地刮来。雨来时，雨点落在河里、高粱苗上、玻璃窗上……河水更急，田野上白雾升起。雷雨过后，云散日出，田野清新，空气湿润，而且出现了美丽的彩虹。

散文的叙述顺序很清晰，用词造句很讲究，而且运用了比喻、拟人等修辞手法，使文章更生动。如：把乌云比作渔网，将彩虹比作拱桥，将雨后的家乡比作油画，等等，贴切而形象；将柳树、鸭子、雨点、高粱苗等拟人化，生动有趣。动词的运用也很准确，更增添了文章的可读性。

小朋友，请你也学一学这种叙述方法，试着写一篇关于下雨的散文吧。

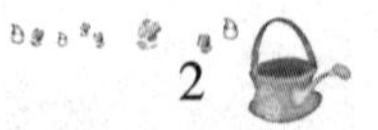

我们村里有很多大榆树。几乎每棵榆树的树梢间都有一个鹊窝。

喜鹊

●文/樊发稼

我们村里的人，都喜欢黑白相间的穿花衣服的喜鹊，虽然它们的歌声不如黄莺那样婉转，也不如斑鸠那样浑厚。

大人们都说，喜鹊是一种吉祥的鸟。

说来也怪，在那些人心惶惶的动乱日子里，喜鹊在我们村子里几乎绝了迹。

现在，喜鹊又来我们村子里安家了。

它们欢快的叫声，为我们村子平添了几分平和、宁静、安详和喜悦。

我们村里有很多大榆树。几乎每棵榆树的树梢间都有一个鹊窝。

——这高高的窝，就是喜鹊的家。

我亲眼看见喜鹊是怎样搭窝的。哦，那是很精细、很艰巨的劳动呢。

喜鹊们先是围绕着榆树飞来飞去。这是它们在反复比较、选择适当的位置。也许，同时就在设计新居的方案了。

一旦找准了"地形"，便开始施工起来：

从村前村后(有时则从很远很远的地方)，觅来一根根尺寸相当的枯树枝条，衔到树梢间，先搭起框架；再从地里、河滩上叼来湿润的泥土加以粘结，间以柔软的细荆；然后一层一层地铺上枯草、布条、羽

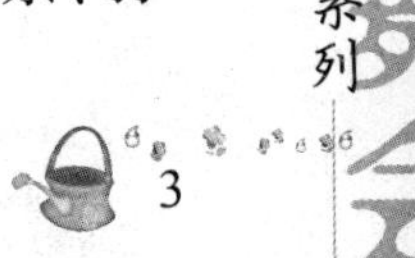

毛……

每筑好一个窝，如果顺利的话，大约需要十天的样子。在这段时间里，喜鹊们起早摸黑，从不停歇。据说由于辛勤奔波劳碌，十天下来，喜鹊的身子瘦了许多。

一个新窝筑好了，别的喜鹊纷纷飞来，热闹地叫唤一阵，像是前来向友邻道喜，欢庆“新房”的落成。

喜鹊筑造的窝，非常坚固，还有良好的“抗震性能”，任凭风吹雨打，很少有塌落的。一旦遇到特大的台风，鹊窝遭到破坏，喜鹊们会很快在原地重新修筑，重建家园。

我们村里有很多大榆树。几乎每棵榆树上都有鹊窝——喜鹊的家。

许许多多的鹊窝，就像我们村里的一排排房子，一户户人家。

喜鹊们也有一个安定的村子呵。

——每只喜鹊，就是这个村子的一个居民。

喜鹊一般不吃粮食。它们帮我们保护庄稼，专吃害虫。

我们从不伤害它们。

——它们是我们的朋友，是我们友好的邻居。

文章详略要得当

赏析／陈龙银

这篇散文是写小动物——喜鹊的。文章先总写喜鹊是种吉祥的鸟，然后详细地记录了喜鹊是如何搭窝的，最后写村里人把喜鹊当作朋友和邻居，表达了自己对喜鹊的喜爱之情。

写文章要有重点，不能什么都写、面面俱到。这篇文章只选择喜鹊搭窝这一有代表性的内容，作为叙述的重点来写，做到了有详有略、重点突出。喜鹊有许多可写之处，但我们不能把和它有关的内容

都写进去。写什么呢？首先要写有意义的东西，其次要写自己熟悉的东西。喜鹊搭窝是作者亲眼所见的，作者十分了解这一过程，所以言之有物，而且能写得准确、生动。搭窝是喜鹊一家的大事，就像村民盖房子。作者写这件事是为文章后面表达感情做准备的。写动物的目的在于表达自己的思想或感情，而不是仅仅为写动物而写动物。小朋友，这同样也是我们应掌握的写作方法。

“我”为什么最喜爱春天？因为春天的太阳、风儿、小雨、花儿和小昆虫都是那么美好、可爱。

我最喜欢春天

●文/樊发稼

我最喜欢春天。

春天的太阳，特别明亮。

春天的风儿，特别温暖。

春天里，各色各样的花儿，都开起来了：红的像火焰，黄的像金子，蓝的像海水，白的像雪花。

春天的小雨，淅淅沥沥，像唱着好听的歌儿。

妈妈说，春雨是甜的。你看，路边的小草，山上的树木，田里的禾苗，喝了甜甜的春雨，都长得绿油油的。整个大地，像铺上了无边的绿色的锦缎。

春天里，勤劳的小蜜蜂忙着采蜜。

春天里，彩色的小蜻蜓忙着捉虫。

我爱在春天的花园里玩耍。老师说，我就是春天的花朵。

我爱在春天的阳光下唱歌。妈妈说，我就是春天的小鸟。

春天啊，春天多美好！

在祖国美好的春天里，我一天天长高、长大……

多么美好的春天

赏析／陈龙银

这篇散文表达了作者对春天的喜爱，以及自己生长在祖国美好春天里的喜悦之情。“我”为什么最喜爱春天？因为春天的太阳、风儿、小雨、花儿和小昆虫都是那么美好、可爱，“我”便能尽情地在春天的花园里玩耍，在春天的阳光下唱歌。

散文以“我最喜欢春天”一句总领下文，然后写了春天有代表性的事物，最后表达了自己的感情。按“总—分—总”的方式写，文章脉络十分清楚。这种写作方式也是我们应该学习的。抓住事物的主要特点，选择有代表性的事物来写，文章就能写得生动，给别人的印象才会深刻。

小树是春天的希望，是大地的希望；少年是祖国的未来，明天的希望。

呵，小树

●文/樊发稼

冰化了，雪消了。

广袤原野上的一株株小树啊，你们从沉沉冬梦中醒来了。你们无一例外地受到春妈妈慈祥目光的亲切抚爱。

哦，明亮的阳光中，你们细细的腰肢变得柔软了；温煦的春风中，你们的枝头开始泛青，那绽出的鹅黄色的新芽，像一只只天真的眼睛，好奇地、饶有趣味地审视着这不久还是一片萧索的田野……

终于，你们披上了一身新绿，青叶婆娑，浩浩苍穹下撑起一把把绿色小伞。遍地野花向你们点头微笑，彩色的蜂蝶为你们翩翩起舞，快乐的小鸟为你们唱起动听的歌……

祝福啊，小树！你们生长在弥足珍贵的春日。东风化雨，雨露滋润，你们欣欣向荣，蓬勃向上；面对辽阔的蓝天，你们幸福地接受太阳公公慈厚温馨的关爱；而在灿烂的星光和月光下，你们可以尽情地、无忧无虑地做甜蜜的梦，梦见自己一个个长成参天大树……

当然，迎接你们的还有酷夏烈日的灼烤，也许还会有凶猛台风的摧折袭击。但是，这一切，你们并不惧怕。你们坚信大地母亲的神奇伟力，她会无微不至地庇佑她怀抱中的每一个健康的生命，使它们不屈不挠地战胜一切挫折和灾难，平安地、勇敢地站立在这个世界上。

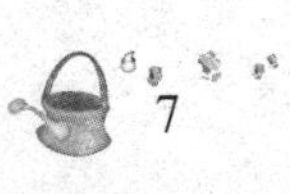

呵，小树！呵，小树一样朝气蓬勃的可爱的少年朋友！大地，因有了你们才充满活力；我们居住的这个星球，因有了你们才充满希望……

小树——朝气蓬勃的少年

赏析／陈龙银

这篇散文是写小树吗？当然在写小树，文章写了广袤原野上的一株株小树，写它们如何从冬梦中醒来，如何沐浴着明媚的春光，还写到了它们可能遇到的烈日狂风。文章只是写小树吗？不，它实际上是在写少年朋友。春天的小树与我们少年朋友多么相像——小树受到“太阳公公慈厚温馨的关爱”、“春妈妈慈祥目光的亲切抚爱”，所以才能“欣欣向荣，蓬勃向上”地生长，才“可以尽情地、无忧无虑地做甜蜜的梦”，不怕任何艰难险阻；而我们少年朋友生活在一个美好的时代，有着祖国母亲的关爱，有着幸福家庭的温馨，我们可以无忧无虑，快乐成长。小树是春天的希望，是大地的希望；少年是祖国的未来，明天的希望。

借物写人，借物表达感情，这也是一种写作技巧。

文章把学生们撑开的伞比作彩色的蘑菇和五彩缤纷的花，多么形象！

放学路上

●文/樊发稼

学校里，响起了下课的铃声；
天空中，传来隆隆的雷声。
——放学了，
——下雨了。
从校门口，飞出一只只彩色的蘑菇：
绿的蘑菇，黄的蘑菇，紫的蘑菇，红的蘑菇……
天空中，传来隆隆的雷声；
学校里，响起了下课的铃声。
——下雨了，
——放学了。
从校门口，开出一簇簇绚丽的花朵：
蓝的花朵，黄的花朵，绿的花朵，红的花朵，紫的花朵……
半路上，雨停了；
天边，映出了灿烂的彩虹。
——一下子，蘑菇蔫了，花朵谢了，只听见小伙伴们欢乐的笑声、快活的歌声……

彩色的蘑菇绚丽的花

赏析／陈龙银

这篇散文的前两段写学校放学时的雨景，第三段写雨停后小朋友们的快乐神情。散文只有短短的几句，但写得十分生动。文章把学生们撑开的伞比作彩色的蘑菇和五彩缤纷的花，多么形象！雨停了，小朋友们收起伞，文章说“蘑菇蔫了，花朵谢了”，这一比喻又是多么贴切！写文章，有时联想是必不可少的。这篇散文想像奇特但合情合理，所以文章才写得生动有趣。读完文章，我们眼前仿佛浮现出一只只彩色的蘑菇、一朵朵绚丽的花，又仿佛看到一群快乐的小学生，听到他们欢乐的笑声、快活的歌声。

你有发人深思的可贵的品格，你有令人肃然起敬的美的灵魂……

小　溪

文/樊发稼

比起浩然坦荡、气势雄伟的大江，你显得过于纤细和苗条。

然而，你不停地奔流着、奔流着，夜以继日，年复一年。你有一颗透明晶莹的爱心——

你用甘甜的乳汁，哺育着碧绿的小草、芬芳的野花和栖息着小鸟的树木，使大地呈现出一派蓬勃的生机。

不论风晨雨夕，也不论酷暑隆冬，你永无止息地奔流着、奔流着……

你的歌声轻轻激荡在原野上，它有使人心气豁通、视野开阔的特殊的韵律。

你的步态洒脱、飘逸中透着坚韧和果敢。

你矢志于不断进取，并在这不断进取中不断实现了你自身生命的价值。你是平衡大千世界不可或缺的砝码。

啊，小溪！我像赞美大江一样赞美你——

你有发人深思的可贵的品格，你有令人肃然起敬的美的灵魂……

值得赞美的小溪

赏析／陈龙银

这篇散文写小溪，实际上是饱含深情地赞美了小溪的可贵品质和美的灵魂。作者在写小溪时，用墨不多，但能抓住要点——写了它无私奉献的爱心，它的歌声和步态给人的启示，它那奔流不息、不断进取的精神。这些正是小溪的可贵之处。此外，作者将小溪拟人化，使文章更加生动形象。

写物一定要抓住其主要特点，抓住最能反映其精神实质的一面来写。写物的目的是要表达你的情感和思想。将两者结合起来很重要。

散文写的事儿小，但反映的主题大。作者饱含深情，将文章写得很动人。

天安门前放风筝

●文/张继楼

三月的春风，是软绵绵的，吹拂着天安门广场。

三月的太阳，是暖洋洋的，照耀着天安门广场。

首都的小朋友们，快把你们的“孙悟空”放飞起来，快把你们的“花蝴蝶”放飞起来，快把你们的“双飞燕”放飞起来……

趁着风和日丽，大好春光，快把你们所有的风筝都放飞起来，把你们的快乐都放飞起来，把你们的童年都放飞起来。

多少双蓝眼睛在注视着你们，多少双黑眼睛在关怀着你们，祖国母亲的眼睛时时刻刻都在守护着你们。

这里是老一辈革命家检阅群众的地方，也是千千万万人向往的地方。三亿三千万少年儿童中，有多少幸运儿能在这里放风筝呢？你们痛痛快快地放吧，飞吧！

让“孙悟空”和人民英雄纪念碑比高，让“花蝴蝶”和五星红旗比美，让“双飞燕”在一望无际的行道树的绿阴里穿行。

快把你们的风筝都放飞起来，哪怕断线飞去，也是落在祖国母亲的怀抱里。

放飞快乐和幸福

赏析／陈龙银

能在天安门前放风筝是多么快乐和幸福的事！天安门是伟大祖国的象征，一九四九年，伟大领袖毛主席就是在这里庄严宣告中华人民共和国成立的。这里也是“老一辈革命家检阅群众的地方”，更是“千千万万人向往的地方”。能在这里放风筝，谁不羡慕？放风筝只是一件小事，但它却反映了祖国对少年儿童的关怀和爱护，反映了改革开放的祖国欣欣向荣的景象。小朋友们放飞的是幸福，放飞的是快乐！

散文写的事儿小，但反映的主题大。作者饱含深情，将文章写得很动人。

噢，我知道了。祖国是十三亿中国人民的母亲，我也是祖国的儿子。

祖国是母亲

●文/张继楼

爷爷常说：祖国是母亲，我们是她的儿子。

爸爸也常说：祖国是母亲，我们是她的儿子。

祖国是爷爷的母亲,爸爸该是祖国的孙子了,那我又是祖国的什么呢?

爷爷说:祖国是所有中华民族儿女的母亲,不论是老是少,是男是女,都是她的儿女,都爱得一样深,爱得一样真。

噢,我知道了。祖国是十三亿中国人民的母亲,我也是祖国的儿子。我也要像爷爷和爸爸一样,热爱祖国母亲。

祖国是所有人母亲

赏析/陈龙银

爷爷说,祖国是他的母亲;可爸爸也说,祖国是他的母亲。这就奇怪了,爷爷和爸爸怎么可能有着同样的母亲呢?还是爷爷解答了"我"的疑问——祖国是所有中华民族儿女的母亲,她真诚而深切地爱着所有的人,我们每个人都应深爱自己的祖国。

散文通过写一个孩子的疑问,表达了爱国这一大主题。文章并没有说教成分,却能让儿童理解"祖国是所有人的母亲"这一道理。

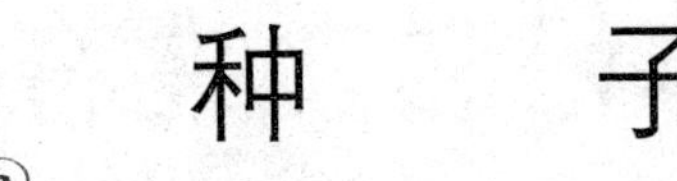

春天因为孕育了生命，才更加有生机，才更加让人喜爱。

种　子

●文/张继楼

几阵春风，几场春雨。

冰雪早化成水珠交给土地妈妈收藏去了。

在雪被下整整睡了一个冬天的种子们，还没有苏醒哩！土地妈妈有些生气了。

她拧着一个个小鼻子，轻轻地呼唤着：

“醒醒吧？我的淘气的孩子们。”

顽皮的种子伸了个懒腰，打了个哈欠，伸出绿色的手掌，揉了揉眼睛，懒懒地探出身子向天空瞧了瞧。

外面是万里蓝天，一片阳光。

种子娃娃醒来啦

赏析／陈龙银

这篇散文短小精悍，运用拟人化的写作手法，把种子生长写得生动有趣。春风吹来，春雨飘下，可种子娃娃还在睡懒觉。土地妈妈生气了，将他拧醒。种子娃娃终于探出脑袋，他看到的是融融春光、朗朗晴空。

春天因为孕育了生命，才更加有生机，才更加让人喜爱。是春天给了种子娃娃以生命，同样，是春天给了万物以生机。

你要别人对自己文明，首先你自己要文明。

迎客松和飞来石

●文/梅　莉

来到了黄山玉屏楼，面对迎客松，小熊热情地问候："你好，迎客松！"迎客松也热情地回答："你好，小熊！"

来到飞来石旁，小兔礼貌地问候："飞来石，你好！"飞来石也礼貌地回答："小兔，你好！"

小猪气呼呼地说："迎客松、飞来石都不懂礼貌，怎么不问候我却只问候小熊、小兔呢？"

小猪也许不了解，你要别人对自己文明，首先你自己要文明。小熊、小兔那么热情、礼貌地问候别人，别人当然也会有礼貌地对待他们；小猪并没有问候他们，他当然不能计较别人不懂礼貌了。

真情才能换真心

赏析／陈龙银

小熊、小兔很热情而礼貌地问候迎客松、飞来石，所以，它们也友好地问候他俩。小猪什么也没说，没有和它们打招呼，所以也就没有谁问候他。小猪很不理解，他不是从自身找原因，却责怪起别人来。假如小猪也和小熊、小兔一样，主动热情又有礼貌，别人一定会友好地问候他。真情才能换真心。

贪图安逸是不可能成材的。小朋友,你明白这样的道理吗?

小松树

●文/梅　莉

公园里,有一棵栽在精致花盆里的小松树。

面对着眼前傲然耸立的青松,小松树崇拜地说:“松树大伯,请问怎样才能成为像您这样的栋梁之材,架桥梁,做枕木,造福人类?”

青松热情地回答:“去面对暴风雨的洗礼,去迎接雷霆的挑战!”

小松树胆怯地说:“这个苦我吃不消!”

看着身后挺拔伟岸的白杨,小松树又羡慕地问:“白杨大叔,请问如何才能成为像您这样的参天巨人,做栋梁,建大厦,奉献社会?”

白杨诚恳地回答:“去经受骄阳的考验,去承接冰雪的煎熬!”

小松树又害怕地说:“这个罪我受不了!”

尽管小松树有着美好的理想,但由于他怕苦怕累,贪图安逸。十几年过去了,他也只有一尺多高,只能成为公园里的摆设。

贪图安逸成不了材

赏析／陈龙银

小松树崇拜青松，自己也想变成傲然耸立的青松，可当青松要求它去面对风雨、雷霆的洗礼和挑战时，它却退缩了。小松树又希望自己能像白杨那样长成参天大树，可当白杨要求它去经受骄阳的考验、承接冰雪的煎熬时，它又不愿意了。贪图安逸是不可能成材的。小朋友，你明白这样的道理吗？

时间不等人，一去不复返。赶快行动，做该做的事吧！

太阳落山了

●文/安武林

太阳落山了，金黄的麦茬上燃烧着的橘黄色的火焰一点儿一点儿熄灭了。星星就要升起，月亮就要升起，露珠就要落下……所有的鸟儿都回家了。我没有回家。我站在麦茬地里，静静地聆听着虫子们的鸣叫。虫子说，我们聊着聊着，天就黑了。知了说，我们唱着唱着，夏天就终结了。野花说，我们跳着跳着，就找不到舞台了。树们说，我们看着看着，美丽的风景就看不见了。抱怨。叹息。我还没有回家，小路就溜走了，我说。黑夜像个哲人似的，沉默不语。这份静默里有一种巨大的力量，使我感到战栗、害怕。我拔腿就跑，踉踉跄跄地向家跑去。黑夜咆哮着，犹如雷鸣海啸，席卷了一切，我什么也没听见。墙上的钟表嘀嗒嘀嗒地走着，它说，走吧，走吧，到你应该去的地方吧！

时间不等人

赏析／陈龙银

太阳下山，鸟儿回家，虫子、知了、野花、树们都因为黑夜来临而感叹。是啊，时间流逝得多快！而它溜走了，便永远不再回来。时间是不会等人的，所以“我”不得不想得很多，而想得越多，便越觉得可怕，

这才拔腿向家跑去。回家干什么呢？正如钟表所说："到你应该去的地方"——行动才是最重要的。

这篇散文很有哲理。作者看到黑夜来到时景物的变化，产生许多联想。而这些联想对任何人都是有启发的，我们读后也会有种"时不我待"的紧迫感。

时间不等人，一去不复返。赶快行动，做该做的事吧！

故乡给了它们梦想，故乡给了它们力量。

故　乡

●文/安武林

梦的故乡在枝头，白云的故乡在天空。

蟋蟀的故乡啊，在草丛。

孩子说：妈妈，我的故乡呢？

妈妈说：你的故乡在妈妈的臂弯里。

草籽的故乡在土里，蜻蜓的故乡在荷叶上，小舟的故乡在河中。小路的故乡啊，在远方。

孩子说：妈妈，妈妈臂弯的故乡在哪儿？

妈妈说：妈妈臂弯的故乡在长不大的童年里！

温情的故乡，温暖的怀抱

赏析／陈龙银

故乡最温暖，故乡最有情。谁不眷恋着生养自己的故乡？世界上不只我们人有故乡，万事万物都有它们的故乡。梦、白云、草籽、小舟、小路、蟋蟀、蜻蜓它们都有故乡。故乡给了它们梦想，故乡给了它们力量。

孩子的故乡在妈妈的臂弯里，因为孩子从那里得到了温暖，得到了成长的营养和力量；我们每个人都是从妈妈的臂弯里长大的。为什么又说“妈妈臂弯的故乡在长不大的童年里”呢？因为在妈妈眼里，子女永远都是没有长大的孩子，无论孩子走到哪里，都会有妈妈的牵挂。

这篇散文将人物对话和对故乡的描述穿插着写，字里行间饱含深情，很能打动人。

只要我们的心是为着美好的事物而存在，就会发现无尽的美。

花开的声音

●文/安武林

我有眼睛，却看不到花开的过程；我有耳朵，却听不到花开的声音。

那么，我要眼睛和耳朵干什么用呢？

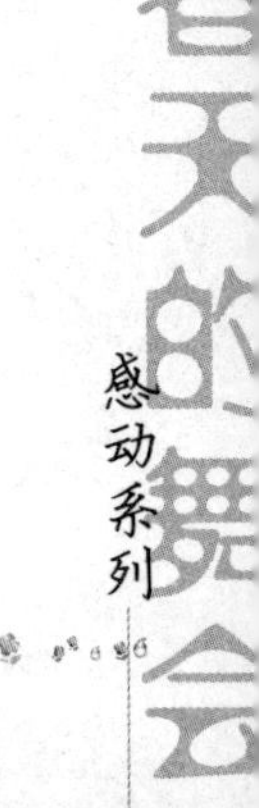

我的眼睛，看见的是灰蒙蒙的天；我的耳朵，听到的是尖锐与嘈杂的市声。

那么，它们是长错了地方吗？

我不能责备自己，因为别人的眼睛和耳朵与我的一模一样。

是上帝还是女娲创造了人类，这并不重要。重要的是我们每个人都有一颗跳动的心。

我的心说：我的眼睛是用来观赏花朵的，花朵将使我的眼睛更清澈；我的耳朵是用来倾听花开的声音的，花开的声音将使我的耳朵更敏感。

那么，我为何要违背自己的心灵呢？

如果我的眼睛不能为美而存在，我的耳朵不能为音乐而存在，我的心灵不能为美好的人与事而存在，那么我肯定是个怪物。

花开的过程，花开的声音，不该在我的视野之外、听力之外，否则，你、我、他的世界又会变成什么样子呢？

美，在于发现

赏析／陈龙银

我们长着眼睛，就是要看到美好的东西；长着耳朵，就是要听动听的声音。如果我们只是要看丑陋的东西，听难听的声音，那我们带给自己和他人的只能是烦恼和痛苦。

人们常说：世界上并不缺少美，只是缺少发现美的眼睛。而更多的时候，有眼睛还是不够的，重要的是要有发现美的心灵。只要我们的心中装着美好的人和事，那我们看到的就会是“花开的过程”，听到的就会是“花开的声音”——一切都是美好的。

美，无处不在。只要我们的心是为着美好的事物而存在，就会发现无尽的美。

小蜜蜂跟着蝴蝶来到了花园，来到了田野，来到了喧闹的小河边……

春天的舞会

●文/贾林芳

春风吹醒了花草虫鸟沉沉的梦，白云托起金灿灿的铜盘，给大地上的孩子们照镜子梳妆打扮。

你瞧——

桃花姑娘扬起胳膊，正专心致志地往脸上施着淡淡的胭脂；玫瑰姑娘努着小嘴儿，涂抹着红艳艳的口红；柳树姑娘羞答答地梳理着秀丽的披肩发……

小蜜蜂赶来凑热闹，嗡嗡嗡嗡地问个不停：

“打扮得这么漂亮，干啥去？”

蝴蝶飞来忙回答：

“春姑娘发了红请帖，要大家参加舞会去！”

“舞会在哪儿呢？”

“跟我来吧！”

小蜜蜂跟着蝴蝶来到了花园，来到了田野，来到了喧闹的小河边……

小溪弹奏着银弦：“哗啦啦！哗啦啦！”

青蛙放出绿色的唱片：“呱哇哇！呱哇哇！”

杨树娃娃手舞着风铃：“丁零零！丁零零……”

小燕子“啾！啾！”地在空中欢叫：

“开始啦！开始啦！舞会开始啦！”

春风奏起了欢乐的曲子，小鸟儿放声歌唱。

柳树姑娘甩甩长发扭扭腰，跳起了摇摆舞；

桃花姑娘、杏花姑娘伸伸胳膊、跺跺脚儿，跳起了现代舞；

小草儿踏着松软的绿地毯，跳起了秧歌舞；

河里的鱼儿跳起了活泼的水花舞；

小蜜蜂、小蝴蝶也情不自禁地跳起了圆圈舞……

大地洒满了欢笑。

啊！春天的舞会真热闹！

为春天歌与舞

赏析／陈龙银

春天来了。花草、树儿都把自己打扮得很漂亮，蜜蜂、蝴蝶要去参加舞会了，小溪、青蛙、杨树在为舞会奏乐，花儿、草儿、鱼儿……都来跳舞了。看，这有多热闹！大家为什么这么快乐？因为春天来了，她带来了美，带来了生命，带来了希望，带来了力量。一切事物都要为春天歌与舞。

这篇散文把春天里的事物都拟人化了，所有的事物都有了生命，把一个充满朝气、洋溢着活力的春天展现给了我们。

小朋友，要写好文章，别忘了多观察生活。

莲荷满塘

●文/张锦贻

盛夏，热气笼罩着大地，只有满池满塘的莲荷令人赏心悦目。

远看，莲叶犹如翠云团团，微风吹过，叶云翻卷，才见白的红的荷花开到了天边，与碧波蓝天融成一体。阳光映照下，那朵朵荷花显得格外清丽与清亮，给人带来满目清凉。

近看，片片莲叶高低错落，密密织织，绽开的荷花亭亭而立却又姿态各异。阳光把叶和花都染得深深浅浅，把荷的清馨和莲的清香散发开来，又给人带来满心清净。

好一派荷塘美景

赏析／陈龙银

这篇散文描写的是夏日荷塘的美丽景色。文章先总写，在盛夏，只有荷塘才那么吸引人，叫人心旷神怡。然后按由远及近的顺序写。写远景，重点写风儿吹拂下和阳光照耀下的美景；写近处，重点写莲叶和荷花的姿态及其清香。看，好一派荷塘美景！

将文章写得美而且真实，一定要以细致观察为基础。这篇文章在写远景时，说风吹过才能见到荷花，写近景时才描述了荷花和莲叶的香味，这就显得很真实，它一定是作者仔细观察的结果，而不是凭空想像的。小朋友，要写好文章，别忘了多观察生活。

小朋友，你看秋菊时想到了什么？也试着写一写吧。

菊花开了

●文/张锦贻

深秋时节,桂花落了,菊花开了。

林木间、草坪上、野地里、溪流边,红、黄、白、绿、粉红、紫红、雪青等各色菊花争妍斗艳。仿佛四季的颜色都汇集在一起了。

野菊花更是到处开放,开得漫山遍野,开得色彩斑斓,开得清芬四溢。又好像人间的芬芳都播撒在这边了。

菊花以绚丽的色彩、绚烂的风姿来装扮秋天,一扫秋风秋雨带来的凄清和肃杀。那幽幽的清香,沁人心脾,更使人神清气爽。

菊花扮靓了秋天

赏析／陈龙银

秋天总是让人感到大自然缺少生机,但因为有了菊花,秋天变得生动多了,可以说,菊花扮靓了秋天。

这篇散文写的是深秋时节菊花开放的美景。写到菊花无处不在，写到菊花颜色极多，写到菊花清香四溢。最后写菊花给人们带来的美,表达了自己喜爱菊花和赞美菊花的感情。

小朋友,你看秋菊时想到了什么？也试着写一写吧。

请你也试着写一样东西，表达自己的一种感情。

快乐的杨树

●文/张锦贻

在北方辽阔的大地上，见得最多的树是杨树。它们或东一株西一棵地散立在村落里，或站成排守立在道路旁，或列队为方阵聚立在旷野上。长年累月，任小朋友围着它、绕着它嬉戏，任火车、汽车飞驰着、呼啸着从它身旁经过，又任冷飕飕的秋风把它的叶子吹下来飘在空中，落进泥土。

杨树为人们尽了力，心里很快乐。即使是在冷天里光秃着枝干，也依然昂着头挺着胸，精神抖擞地立着。

杨树的精神

赏析／陈龙银

散文分两段：第一段写杨树数量多而且不择环境——它们是北方最多的树，排列形式多样，凡是需要它的地方，它都毫无怨言地生长在那儿；第二段写杨树为人们作贡献的快乐心情，以及它那顽强不屈的精神。整篇文章脉络清晰。

写物是为了表达自己的思想和情感，这篇文章也不例外。作者写杨树，就是要赞美它不求索取、坚忍不拔的精神。我们周围很多事物对人都有启示。请你也试着写一样东西，表达自己的一种感情。

人们向永远闪耀的星星敬礼，实际上就是表达对国旗的崇敬。

国　旗

●文/王宜振

妈妈，你瞧那红艳艳的旗帜，多像一片红色的海呀！

瞧，海里还有五颗闪亮的金星呢！

一颗大金星，被四颗小金星簇拥着，像一弯新月形的鸟巢，簇拥着一只睡鸟。

她们是啥时候到这儿来的？是到这儿洗澡的么？

可是雄鸡唱了，天色亮了，别的星星都已经回家去，她们为什么还不回家去呢？

蓝天妈妈少了五个女儿，能不想念她们么？她们的姐妹们会不呼唤她们么？

也许早就呼唤过了，是她们不肯回去呢！

她们太喜欢那红色的海了，她们要在那儿安家呢?!

于是在辽阔的大地上，有了五颗不落的星星，在阳光照耀下闪闪发光。

也许出于钦佩和尊敬，当人们走过她们的身边，总要向她们此致敬礼呢！

永远闪耀的星星

赏析／陈龙银

散文把红艳艳的国旗比作红色的大海，而把国旗上的五颗星比作蓝天妈妈的五个女儿，她们不愿回到天上，只愿在红的海里安家。五颗星星永不落，永远闪耀着灿烂的光芒。所有的人们都钦佩和尊敬她们。这样的比拟多大胆、多形象！

是啊，国旗是一个国家的象征。五星红旗是我国的国旗，她是我们中华人民共和国的象征。热爱国旗就是热爱伟大祖国。人们向永远闪耀的星星敬礼，实际上就是表达对国旗的崇敬。

孩子想着帮妈妈“衔走”病的种子，他播下的便是爱的种子。

神奇的声音

●文/王宜振

妈妈，你说你这几天病了，可“病”又是什么呢？是一粒种子么？

如果是一粒种子，那又是谁给你种上去的？

我一定要把那个人找到，指责他不该给你种上痛苦和忧愁，而应该给你种上欢乐和幸福。

妈妈，你老静静地一个人躺在床上，让寂寞伴随着你，你不感到是孤独的么？

你平时爱听大森林里鸟儿的歌唱，可现在却不能够，你的心里一定十分痛苦。

可我不知道怎样告诉那些鸟儿们，使它们的歌声在你的耳边重新响起。

我带着你的小小录音机，一个人来到大森林里，趁那些鸟儿们欢乐地歌唱的时候，我便偷走了它们的声音。

妈妈，你要听的那些鸟儿的声音，全被关在那个小小的匣子里，只要我一按它的开关，它们就会争抢着跑出来。

妈妈，你平时最喜欢听哪一种鸟儿的歌唱？是斑鸠、云雀，还是布谷？是杜鹃、白头翁，还是黄莺？

你想听它们的合唱呢？还是想听它们的独唱？

妈妈，也许你会说："我喜欢听所有鸟儿的歌唱，合唱和独唱我都喜欢。"

如果是这样，那就应该先听合唱，再听独唱。

妈妈，当你听完这些鸟儿歌唱的时候，你的病会好些么？

也许你会亲吻着我的脸蛋，对我高兴地说："感谢你，我的孩子！妈妈的病已经失踪了！"

当我感到奇怪的时候，你会说："是你从森林里唤来那么多鸟儿，帮我把病的种子衔走了！"

播下爱的种子

赏析／陈龙银

散文把妈妈的病比作一粒坏种子。如果是种子，我们就可以把它弄掉。找谁呢？"我"想到了小鸟，可以让鸟儿帮妈妈衔走病的种子。"我"要录下许多鸟的歌声放给妈妈听，妈妈听后就会好的。"我"有着

一颗多么纯洁的爱心！

妈妈生病时，“我”时刻惦记着妈妈，想着各种办法让妈妈尽快摆脱病痛。妈妈只要明了孩子的爱心，心里一定会高兴的。快乐是治病的良方。孩子想着帮妈妈“衔走”病的种子，他播下的便是爱的种子。

他们把他们组合的故事告诉了孩子们，使孩子们得到快乐。

字的游戏

●文/王宜振

妈妈，字宝宝生活在书里么？一本书就是一个字的王国么？

字宝宝也和我们一样，喜欢做游戏么？

可他们的游戏不是瞎子摸大象、老鹰捉小鸡——他们是不会玩这些的。他们的游戏是按照次序排成一列一列的队伍，就像在盛大的节日，我们排成一列一列的队伍，等待着接受盛大的检阅。

可他们老玩这样的游戏，会感到有意思么？

也许他们会说，当他们排成一列一列整齐的队伍的时候，他们就组成了一个有趣的故事；如果改变他们的先后次序，他们会组成另外一个有趣的故事。

妈妈，原来他们在做组合故事的游戏呢！

正像一个万花筒，当孩子拿着它旋转的时候，它便会变幻无穷，它便会产生一万种不同的花朵；而那些字宝宝不断地排列、组合，也会变幻无穷，也会产生一万个有趣的故事。

他们把他们组合的故事告诉了孩子们，使孩子们得到快乐。

他们自己的游戏是那么枯燥、乏味，而他们却把快乐给了看他们游戏的人。

妈妈，你能说这样的游戏没有意思么?!

把快乐留给别人

赏析／陈龙银

散文把人们常见的文字拟人化，说它们就像可爱的小宝宝。这些小宝宝可懂事了，它们每天都在做着游戏。但它们重复的只是同一种游戏——排队。排队做什么？组合成一个个有趣的故事，让阅读它们的小朋友从中获得知识，找到快乐。我们小朋友每天能做着各种不同的有意思的游戏，而字宝宝只能做着一种单调的游戏，它们一定感到枯燥、乏味。不过，它们把快乐带给别人，心中也一定感到高兴。

小朋友，字宝宝们的故事是不是很感人？那我们该如何回报它们呢？

我会给你编织一个金色的舞台，让你在那儿舒心地演唱。

河心岛

●文/王宜振

河心，有一个小小的岛。

小岛上，有一蓬一蓬的小草，我却不认识一棵；

小岛上，有一簇一簇的野花，我却不认识一朵。

我们初次见面，是那样的陌生，却又感到那样的亲切。

小花、小草有礼貌地向我点头，扭动着细细的腰肢跳着舞蹈。

一只小蟋蟀爬到一朵小花的头顶，准备演唱悦耳的音乐。

乐声响了，河边的小丘震荡着她的欢悦。

小蟋蟀，我真羡慕你那银铃般的嗓音。

如果你同意，我会把你带走，带进一个热闹的小镇。

我会给你编织一个金色的舞台，让你在那儿舒心地演唱。

如果你喜欢，我会带你到街心花园，为更多的人演奏。

你会赢得许多赞扬的话语和钦佩的目光。

小蟋蟀，我想你听了我的话一定十分高兴。

可你却摇动着你的触须，像是在对我说些什么。

也许你说："我是祈求一个小姑娘把我送到这儿来的，我要为这儿的小花小草演唱；如果我走了，这儿的小花小草会感到孤独、寂寞；我也会感到离开伙伴的忧伤、痛苦……"

小蟋蟀，如果是这样，我便不带你走了！

我期望你用你的声音，把这寂寞、荒凉的小岛打扮成欢乐的、令人神往的地方。

我还要给你带一个伙伴来，让你们在这儿生儿育女呢。

带来欢乐的歌声

赏析／陈龙银

河心岛很荒凉吗？也许是，因为四周是河水，只有一座孤零零的小岛呆在那儿，有谁会到那儿呢？不过小岛并不寂寞。你看，那儿有一簇一簇的花儿，有一丛一丛的小草，它们不时地扭动腰肢，跳着舞呢。你听，岛上有了音乐声，是谁弹起七弦琴，唱起欢快的歌？原来是活泼的蟋蟀。蟋蟀给河心岛带来无限生机，也把无穷的快乐带给了小岛。小岛虽然荒芜，可当“我”要求带它们到繁华的城镇时，蟋蟀们并不愿意。因为它们一走，小岛便是死寂一片，小岛更需要它们。这又是一种多么可贵的品质！

小朋友，现实生活中，是不是也有许多像河心岛的蟋蟀一样的人——他们把艰辛、寂寞留给自己，把快乐带给了别人。

锻炼，使青山长生不老，永远年轻！

山坡小道

●文/刘育贤

雨后的青山，浑身冒着热气，湿漉漉的。你以为那是青山身上的雨水吗？不，那是青山身上涌出的大汗呢！是青山在雨中跳绳锻炼的大汗。不信请看，青山刚才用过的绳子，还弯弯曲曲地搭在他的身上呢！正因为青山是一位热爱锻炼的人，所以，他的身体才那样高大、健壮，他的精神才那样抖擞、饱满！

锻炼，使青山长生不老，永远年轻！

生命在于运动

赏析／陈龙银

这篇散文想像奇特，它从雨后青山冒出的湿气，想到那是大山锻炼流出的汗；把山坡小道，比作青山锻炼用的绳子。青山高大、健壮，就因为他是个爱锻炼的人；青山精神抖擞而又饱满，也因为他热爱运动。运动便有了活力，运动让人永不衰老。生命就在于运动。——这也是散文给我们的启示。

是啊，树伯伯的心里装着所有的人，惟独没有他自己。

树伯伯的心儿真好

●文/刘育贤

树伯伯的心真好。

夏天，太阳火辣辣的，天气那么热，那么热，可树伯伯却穿着厚厚的绿色棉衣裳，他们不管自己有多热，都给我们撑起一把大伞当空调。你瞧，大人们在伞下歇歇凉，说东道西的，好高兴啊；我们娃娃们在这把大伞下捉狗娃、藏猫猫，你追我赶好快乐呀……你说说，树伯伯的心好不好。

冬天，北风吹，雪花飘，天气那么冷，那么冷，树伯伯却把自己身上的衣服脱下来铺在大地上，惟恐把大地冻感冒了，为的是给大地送温暖。而他自己，却心甘情愿地站在风雪地里挨冻……你说说，树伯伯的心好不好。

是的，树伯伯的心真好！

树伯伯心里只有他人

赏析／陈龙银

散文一开始就说：树伯伯的心真好；然后分别说到夏、冬两季树

伯伯给人们带来的一切，说出了树伯伯为人们做出的贡献；最后的总结句照应了开头。中间部分是文章的主体，写得很感人。

是啊，树伯伯的心里装着所有的人，惟独没有他自己。这是一种多么可贵的品质！我们的社会不正需要千千万万像树伯伯这样的人吗？

母爱是世界上最伟大的爱，她是我们成长的真正动力。

腾飞的小鸟

●文/刘育贤

妈妈微笑着，剪下一片蓝天，为我做了一身学生服。她说："穿上这身衣服，心眼儿就会变得很亮很亮，精神就会变得很好很好。"

妈妈微笑着，剪下一朵白云，为我做了一双运动鞋。她说："穿上这双鞋，你就会奔走得很远很远，你就会攀登得很高很高。"

妈妈微笑着，剪下一方土地，为我做了一个书包。她说："背上这个书包，理想就会描得很美很美，知识就会装得很饱很饱。"

啊！蓝天，白云，土地，连同妈妈的微笑，孵出我的智慧花朵，生长出我的强健翅膀，在学习的阶梯上，我就会变成一只腾飞的小鸟。

妈妈给了“我”腾飞的力量

赏析／陈龙银

散文把蓝天，白云，土地分别比作“我”身上穿的学生服、运动鞋和“我”背着的书包；而它们都是妈妈剪下来亲手制作的。可见，妈妈为了“我”成长，付出了多少心血！但“我”同样是个懂事的孩子，“我”知道如何回报妈妈。

母爱是世界上最伟大的爱，她是我们成长的真正动力。妈妈爱我们，我们该如何报答她呢？

小朋友，你的理想是什么？你打算为实现自己的理想做些什么？

金色的大鸟

●文/谭小乔

鸽子长大了，鸽子飞向蓝天白云。

孩子长大了，孩子聆听清脆的鸽哨。

忽然，孩子向鸽子飞去的方向，向蓝天白云喊出了他幼稚的向往：我也要飞，我要飞得比鸽子更高！

爷爷搬来一大摞书：来呀，孩子，这书中有一只金色的大鸟，你来找，每一本书里都藏着一片金色的羽毛。孩子，快来找，找出大鸟所有的羽毛。羽毛丰满的大鸟会驮着你，飞过高山，飞过海洋，飞进你未来的世界，去捉月亮，去追赶太阳。

好啊，爷爷。我们一起找，找出每一本书中的每一片羽毛，我们会有世界上最大最大的大鸟，驮着你，驮着我，去找回你快乐的童年，去寻找我金色的向往。

看啊，那只金色的大鸟，驮着爷爷，驮着孩子，驮着他们的希望，飞呀飞呀……

知识是我们飞翔的羽毛

赏析／陈龙银

孩子也想能像鸽子一样飞翔。爷爷告诉他，要想飞得高，就得有丰满的羽毛，而这羽毛就藏在书本里，每一本书里都有一片。飞翔是鸟儿的理想，它们要实现自己的理想，就得长出丰满的羽毛。我们要实现自己的理想，从小就应掌握丰富的知识，打好基础。知识是我们飞翔的羽毛。爷爷的比喻很恰当，很能启发人。孩子在爷爷的启发下，开始寻找飞翔的羽毛，开始畅游知识的海洋。

小朋友，你的理想是什么？你打算为实现自己的理想做些什么？

人间有了爱，一切都会变得更美好！

礼　　物

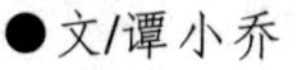

●文/谭小乔

晓晓的生日到了，妈妈给晓晓寄来一条漂亮的围脖。

奶奶说，漂亮的围脖是妈妈用美丽的云彩做的，晓晓不相信。

奶奶拿出一张彩照，晓晓就看见了妈妈和妈妈的气象站。妈妈站在气象站的高台上，她身后飘着美丽的云彩，那云彩，真的很像是妈妈寄来的围脖呢。妈妈的头上，还有一朵洁白洁白的云。

妈妈的一只手伸过头顶，晓晓猜：妈妈是想捉住那朵白云。因为晓晓跟妈妈说过，要把今年的生日分半天给奶奶过，可妈妈还是忘

了，忘了给奶奶寄一份礼物。

你看，那朵白云那么白，一定很柔软很暖和。妈妈，你快伸手摘来吧，摘来做一件厚厚的棉袍，等到冬天下雪的时候，让我悄悄给奶奶披上。

瞧，奶奶笑啦！奶奶笑啦！

奶奶一定喜欢这件礼物。

三代人的爱

赏析／陈龙银

在晓晓生日那天，妈妈送给晓晓一条漂亮的围脖，而且说它是云彩做的。而晓晓是个懂事的孩子，她想起自己答应过要陪奶奶过生日的话，还要求妈妈也给奶奶送上一件礼物。送什么呢？就用那朵白云做件棉袍送给奶奶吧，奶奶一定很高兴的。

散文写了送生日礼物这件事，反映了三代人之间相互关爱的情感。家庭有了爱，才有温暖；人间有了爱，一切都会变得更美好！

这是一颗多么美好的心灵！在小露珠的心中，装着的总是别人，而不是它自己。

露珠与小溪

文/王 位

清晨，宁静的大地上，有一条欢快的小溪不远万里地朝大海奔去。它一边跑，一边招呼田地禾苗上的露珠："来呀，加入我的行列，去找大海母亲吧。"露珠闪着晶莹的眸子摇了摇头。

"真没出息，难道你不向往大海吗？"小溪蔑视地问。

"我当然向往大海，谁不想投入母亲的怀抱？可这里的庄稼正需要我滋润它们呢！"说完，露珠跳到禾苗的根部，化作甘甜的露汁。

美的心灵里只有他人

赏析／陈龙银

小溪见到了露珠，邀请它一块儿奔向大海，可露珠没有答应。这让小溪很不理解。——原来，不是露珠不想去，而是那里的庄稼更需要它，只要有它的滋润，庄稼便能茁壮成长。奔向大海当然是一件让人惊喜的事，但如果它也走了，庄稼又有谁来浇灌？

这是一颗多么美好的心灵！在小露珠的心中，装着的总是别人，而不是它自己。

多一些交流和沟通，少一些纷争，我们的生活就会更美好、更温馨。

花篱笆

●文/李少白

乡村里的屋子没有围墙，只有矮矮的竹篱笆。

做篱笆的小竹子，一样的圆，一样的高，斜斜地插在泥土里，像童话里的一列小卫兵。长长的青藤缠在上面，长出了叠叠绿叶儿，捧出了串串喇叭花。

喇叭花，嘀嘀哒，给屋子镶了一道圆圆的花边，像小朋友跳集体舞，手拉手儿乐哈哈。

美丽的竹篱笆，不关院子里的春色，不挡院子外的风光。只管住调皮的小鸡，不去弄坏田里的庄稼。

喷香的花篱笆，送上看不完的微笑，欢迎客人屋里坐，吃碗芝麻豆子茶。

温馨的花篱笆，连着上屋、下屋两户人家。两家的孩子把篱笆当球网，打起了羽毛球；两家的大嫂，隔着篱笆拉起了家常话……

在这世界上，围墙实在太多了，要是都换上花篱笆，那该有多好！

不挡快乐和爱的花篱笆

赏析／陈龙银

乡村的屋子边，插着竹篱笆，篱笆上爬满喇叭花。这些篱笆会不会像那些讨厌的围墙一样，挡住了美丽的风景，也阻隔了人们的交流？没有。看，它“不关院子里的春色，不挡院子外的风光”；它送来的是“看不完的微笑”，连接的是“上屋、下屋两户人家”。这样的花篱笆有多好！是啊，如果世界上没有了围墙，只有竹篱笆，那该多叫人心情舒畅！

多一些交流和沟通，少一些纷争，我们的生活就会更美好、更温馨。

小朋友，保护环境，从我做起，从现在做起吧！

奇妙的声音

●文/李少白

我喜欢站在高山顶上，倾听风和云彩的谈话，听那来自天空的声音。

我喜欢走进树林的深处，把耳朵贴在树干上，倾听树根和树叶的谈话，听水在树皮里流动的声音。

我喜欢躺在旷野，枕着青青野草，倾听地洞里小虫的歌唱，听土壤妈妈呼吸的声音。

我爱听那果实裂开的欢乐,爱听那花儿开放的笑声;我爱听那春蚕吃叶的沙沙细语,爱听那小鸟啄开蛋壳后的“唧唧”叫声。

……

真想让耳边常常响起大自然奇妙的音乐,永远听不到刺耳的噪音。

大自然的声音最悦耳

赏析／陈龙银

天空中,有风和云彩的对话;树林深处,有树根和树叶儿的谈话,以及树皮中水的流动声;青草地上,有小虫的歌声和土壤妈妈的呼吸声;那里还有花、果、蚕、鸟等各种东西发出的声音,好听极了。

散文把大自然的声音写得多么美妙!我们要想永远听到这悦耳的声音,要应好好保护自然环境。小朋友,保护环境,从我做起,从现在做起吧!

这座桥很短、很窄也很小,作用却很大——缩短了两岸的距离,连通了两岸人的心。

桥

●文/李少白

小河弯弯,小桥弯弯。弯弯的小河上,有一座弯弯的小桥。

桥的这头，有山山家的小屋；桥的那头，住着泉泉的一家。

早上，山山跑过小桥，邀泉泉上学；傍晚，泉泉跑过小桥，喊山山去赶鸭。

泉泉的爸爸走过桥来，找山山的爸爸聊天儿；山山的妈妈走过桥去，把新做的花裙穿给泉泉妈看。

两家的小狗，在桥上追逐；两家的笑声，在桥下荡漾。两家栽的牵牛花，沿着小桥栏杆长，在桥的中间把手拉……

桥，很小，却连着两岸人家。

桥，很短，却连着长长的路。

桥，很窄，却连通了两岸人的心……

那次，学校举行作文比赛，山山和泉泉写的都是桥——

山山写的是：小桥驮着我长大。

泉泉写的是：长大我去造大桥。

小桥连着两岸人的心

赏析／陈龙银

在山山和泉泉两家之间，有一条小河。河上有一座小桥。正是这座桥，让山山和泉泉成了形影不离的好朋友；正是这座桥，让他们两家成了一家。这座桥很短、很窄也很小，作用却很大——缩短了两岸的距离，连通了两岸人的心。它真是一座“连心桥”啊！

心境不同，人们看到云朵时的想像也会不同，心随云而变。

望　天

●文/陆政英

“嘿嘿！飞机，飞机！”

“嘻嘻！坦克，坦克！”

“嗨哟！那里，那里，是个大熊猫！”

“哈哈！变了，变了，飞机变成狮子了……”

闹腾个啥？好脆的哈哈。欢叫声惊动了忙晚饭的妈妈。围裙上揩揩手，妈妈走出厨房。

看呀看呀！轻飘飘的棉花云在飞，金红红的团团云在移。天上的云朵啊变了，地下的妈妈啊，也变啦。像个小姑娘，加入孩子们的行列，笑微微地仰起头，也在望天啦！

偏偏妈妈看不见飞机，也看不见大熊猫。妈妈指着一团小小的、圆圆的云朵：“儿子，你看，你看，那像爸爸采煤戴的头盔吗？”

“哎，头盔边，有颗星星亮啦！妈妈，妈妈，那是爸爸下井的矿灯吗？”

“哦，星星亮啦！星星亮啦！爸爸，爸爸，该回家啦！”

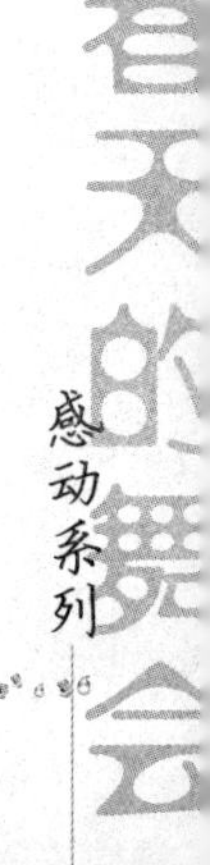

心随云变

赏析/陈龙银

看,天空的云朵多有趣——有的像飞机,有的像坦克,有的像大熊猫;它们变得有多快——一会儿变成飞机,一会儿变成大狮子……小朋友的心也跟着云儿在变——他们一会儿欢呼,一会儿惊叫,多高兴呀！听到欢笑声的妈妈也来了,可她只看到了像爸爸头盔的云朵。这是为什么？因为她为心爱的人担心,一直想着他呢。听妈妈这么一说,孩子也想爸爸了,这时他看到了星星,想到了爸爸下井的矿灯。可见,心境不同,人们看到云朵时的想像也会不同,心随云而变。

童心如镜子般明亮，如水一般清澈。

孩子的沉思

●文/肖邦祥

雪 仗

你扔向我的是雪，扔来一捧捧热情的问候；
我射向你的是雪，射去一团团真诚的祝福。

没有呛人的烈火硝烟，不见血腥的残酷厮杀。阵地上弥漫的是一片欢声笑语……

啊，假如人间的战争都像这雪仗，那世界将变得多么美丽！

老树根

给花朵留下的是姹紫嫣红；
给枝叶留下的是青翠碧绿；
给树干留下的是强劲挺拔；
给果实留下的是芬芳甘甜……
你自己呢，却什么也没留下，只留下一身凹凸不平的伤痕！

笑面佛

对来到你面前的人，不论是男是女，也不论是老是少，你任何时候都是满面含笑。

看起来，你似乎比谁都要公平、友好、慈爱。

可是，我不能理解的是——当有人在你的眼皮子底下干着害人的勾当，你居然也笑得出来！

金　鱼

缸里没有风，只有一缸像湖水一样清澈的水；

缸里没有浪，只有几根像河草一样翠绿的草。

但奇怪的是，无论你怎么游，也无论你游得多好，也只能在这里转着小小的圈圈儿……

于是，你终于后悔了。后悔不该来到这精致的玻璃缸里。如今啊，你只能得到一片狭小的天地！

回　声

我喊一声“矮”，你会跟着喊一声“矮”，声音一模一样；

我叫一声“高”，你会跟着叫一声“高”，语调不差分毫。

的确，你的本领无比高超，学舌学得惟妙惟肖。但我一点也不佩服你。

因为，明明是错的，你竟然跟着喊对，明明是坏的，你竟然跟着叫好……

蜡　烛

有人说，你一边燃烧，一边在流着痛苦的泪。

其实，这是对你莫大的误解。

你连死都不怕，还会害怕痛苦么？

那根本不是软弱的泪滴，而是你拼命燃烧时洒下的汗水！

童心如水

赏析／陈龙银

童心如镜子般明亮，如水一般清澈。不是吗？这组散文诗写的就是一个孩子的沉思。从这里，我们看到的是一颗多么纯洁的童心。他懂得什么是爱，什么是恨；明白什么是美，什么是丑；知道该做什么，不该做什么。

不同事物给人的启发也是不同的。作者看到以上事物，就有了这些想法。那么，你看到这些事物会想到什么呢？说一说、写一写吧。

春姑娘给大自然带来了无限生机，让一切生命充满活力。

春天的歌

●文/屠再华

春天，唱着歌儿来了！

春天，打着呼哨来了！

小河打开了玻璃窗，大树爷爷甩走了白胡须。小蜜蜂，“嗡嗡嗡”地飞出来了；小草儿，悄悄地长出来了。小青蛙也擦擦眼睛醒过来了！它感到这一觉睡得好长好长，睡走了一个冬天……

热闹的世界

赏析／陈龙银

春天来了，世界变得多热闹！你听，歌儿唱起来了，呼哨打响了；你看，小河破冰了，小树绿了，小草破土了，小蜜蜂飞来了，小青蛙醒了。春姑娘给大自然带来了无限生机，让一切生命充满活力。散文运用拟人化的写法，生动地表现出春天来到自然界的美好。

这是作者眼中的秋天。小朋友，你眼中的秋天又是怎样的呢？

秋　天

●文/屠再华

秋天送走了夏天，抹去了孩子头上的一把汗。秋天带来了丰收，漾开了农民伯伯的笑脸。多么美呀！一穗穗稻谷金黄黄，一棒棒红高粱喝醉了酒。

还有呢，南方的桂花香了！北方的枣儿熟了！一阵风吹来，下着桂花雨。一竿子打下去，嘀嘀卜卜下着枣儿雹。

哇！秋天有甜的“雹”，也有香的雨……

香甜的秋天

赏析／陈龙银

秋天也有味道吗？有的。你闻一闻，风中是不是飘荡着稻谷和高粱、桂花和枣儿的香甜味道？是啊，秋天是凉爽的季节，人们不需忍受炎热的煎熬；秋天又是收获的季节，农民伯伯忙碌了一年，终于尝到了丰收的果实。秋天多美好！

这是作者眼中的秋天。小朋友，你眼中的秋天又是怎样的呢？

峨眉山的雾,诞生了峨眉山的佛光。

峨眉雾

●文/彭万洲

峨眉山的雾,像醇美的奶酒,白白的,稠稠的,看一眼便醉了。

当浓雾洒开来,大大小小的山头尽罩雾中,好像揭盖的蒸笼,一个个馒头热气腾腾。人在雾中穿行,真好比腾云驾雾。

薄雾缠绕山头时,松柏晃荡,若隐若现,那是一出皮影戏,又像一幅水墨画。

爬到山顶,雾在头上结成一颗颗冰粒,那是峨眉山送给你的珍珠;也许,衣服上铺了一层薄冰,那是峨眉山送给你的银甲。

峨眉山的雾,诞生了峨眉山的佛光。

让人心醉的雾

赏析/陈龙银

雾,到处都有。这篇散文写的是峨眉山的雾,必须写出它与别处雾的不同,别人读了才会有新意。文章很注意这一点。它没有写雾的“共性”,而是抓住这里雾的特点,写到浓雾洒开来时、缠绕山头时、落在人身上的不同情形。文中用了许多比喻句,更加形象地表现了峨眉山的雾的不同之处,人们读后便有身临其境的感觉。

小朋友，你认识鹁鸪鸟吗？它长着一身黑褐色的羽毛，天要下雨或刚晴的时候常站在树枝上咕咕地叫。

鹁鸪声声

●文/彭万洲

盖盖——草屋；盖盖——草屋。

呀，那是鹁鸪在竹林中唱歌。我趴在栀子花的绿篱下，悄悄地向竹林张望。草丛中，有一个用小草树枝拱搭的窝，灰色的鹁鸪就站在旁边，它是在呼唤朋友来看它的新家吧？

盖盖——草屋；盖盖——草屋。

我拉长声音学鹁鸪叫起来，是想让它看看我家新盖的楼房。鹁鸪扑棱棱飞到紫藤萝花的棚架上，真的向我这边瞅了瞅，又跳上跳下地叫着：盖盖——草屋；盖盖——草屋。

唉，怎么就老记着你那草屋呢，我们可是邻居呢！

一对好邻居

赏析／陈龙银

小朋友，你认识鹁鸪鸟吗？它长着一身黑褐色的羽毛，天要下雨或刚晴的时候常站在树枝上咕咕地叫，真的像是在说“盖盖——草屋”，叫声很动听。这篇散文就是写“我”家的好邻居鹁鸪的。听到它的叫声，“我”联想到它在呼唤朋友参观它的新家，于是“我”也想请它来

参观“我”的新家。你瞧，这真是一对好邻居。作者巧妙地表达了自己热爱大自然的情感。

小朋友，请仔细看看中国结，了解它的特点和寓意，说说你的想法。

中国结

●文/彭万洲

我们用红绳和彩带，编织了一个又一个中国结。

火红的中国结，是一朵花，是一颗心。

把中国结挂在大门上，喜庆吉祥；把中国结挂在房间里，幸福安康。放一个中国结在枕头边，梦儿也是香甜的。

寄一个中国结给海外姑姑，她一定很喜欢，因为那是亲情、乡情、中国情紧挽的一个结。

啊，我爱中国结！

中国结的象征

赏析／陈龙银

你认识中国结吗？知道它的象征意义吗？中国结是用红线绳和彩带编织而成的，它既是一种吉祥、喜庆的象征，又代表着一种情结——亲情、乡情和爱国情。散文通过描述中国结的寓意，表达了作者爱亲人、爱家乡、爱祖国的感情。

小朋友，请仔细看看中国结，了解它的特点和寓意，说说你的想法。

每个季节都有它的特点和可爱之处。

四季组歌

●文/莫衍琳

春 天

脱掉厚厚的冬衣，春天来了！

我们到草地上去打滚，让茸茸的草芽儿亲我们的脖子。

我们到花园里去捉迷藏，让鲜艳的花朵遮住我们的笑脸。

我们到池塘边去画画儿，看柔软的柳枝在水面上点出一个个酒窝儿。

我们到山坡上放风筝，听布谷鸟唱出美丽动听的歌儿。

我们的嗓子眼儿也痒痒的，大家拍着小手，一起为春天唱一支歌。

夏 天

女孩子说：夏天真好，可以穿花裙子，可以吃冰淇淋……

男孩儿说：夏天真好，可以到海滩游泳，可以打水仗，可以上树捉知了。

从南到北，阳光都是那么明媚，大地都是那么葱茏。

满眼的绿呀，有时连空气都是绿的。

暴雨来时，我们手拉手冒着雨疯跑，笑着闹着，连雷声也听不见了。

秋天

秋天是一块调色板，五彩缤纷，什么颜色都有。

枫叶是红色的，稻谷是金色的，森林是绿色的，天空是蓝色的。

湖水倒映着蓝天，你会认为，水里还有一个天空。

瞧，那一行美丽的白天鹅，怎么也在水里飞？

冬天

小白狗说，冬天跟我一样，到处是白白的，毛茸茸的。

一早起来，山穿上白衣裳，树长出白胡子，房顶戴上白帽子，河面上结了冰，村外的路也看不见了，小朋友们在村口堆雪娃娃。

到处是亮晶晶的白色，亮得让人睁不开眼睛。

小白狗蹦蹦跳，在雪地上踩出一串美丽的脚印。它高兴地唱起歌来，山野里回荡着“汪汪汪”的声音……

一年四季都是歌

赏析／陈龙银

一年中，你最喜欢哪个季节？无论你喜欢什么季节，这都不重要。其实每个季节都有它的特点和可爱之处。这篇散文按季节来写，写出了不同季节的美好。小朋友，每个季节在你的眼中是怎样的呢？请你多多观察，这样，你也能写出每个季节的特点来。

这时候，我像乘着一朵奇异的云，也跟着飞起来，舞起来……

音乐喷泉

●文/蒲华清

星期天，爸爸带我去看音乐喷泉。

灯光暗下来，乐曲响起来，我看见“音乐”了！

“音乐”是什么？以前，我只听见它美妙的声音；今天，我看见它的模样了：原来它是些美丽的小水珠。小水珠们像一群小仙人，和着旋律，在屏幕上跳舞。它们忽儿轻盈飞升，忽儿袅袅落下；忽儿散开，忽儿聚拢；忽儿化作了春风，忽儿又变成波浪……真奇幻，真迷人。

这时候，我像乘着一朵奇异的云，也跟着飞起来，舞起来……

回家的路上，爸爸说，他要写诗了，心中诗句呀，随着音乐喷泉喷了出来。我说，我也想写日记了，那些好句子呀，也像音乐喷泉一样涌了出来。

奇妙的音乐喷泉

赏析／陈龙银

小朋友，你看过音乐喷泉吗？它是不是像散文中描述的那样可以“看见”？看，作者就看见了喷泉“喷出来”的音乐，他用一组排比句，生动地描述了它的特点,多么奇幻而迷人!听到这样美妙的音乐,看到这么奇妙的情景,你是不是很想用诗一般的语言把它写出来?这也是音乐喷泉的神奇魅力。

春节里有好玩的、好看的、好吃的,谁不喜欢?

春 节

●文/蒲华清

春节,我们终于把你盼来了!这是大人小孩都盼望的节日,这是一年中最大的节日,这是最快活的节日,最热闹的节日,这是迎接春天的节日呀!

这一天,家家户户都要挂红灯、贴春联;这一天,大人小孩都要穿新衣、换新鞋;这一天,要吃饺子、吃汤圆……这一天,要扭秧歌、耍狮子、舞龙灯、划彩船、踩高跷……这一天,我们小孩还要敲着小鼓小锣,走遍大街小巷——"咚咚咚,锵锵锵",新年的锣鼓声报告春天来到了。呵,什么好看的、好玩的、好吃的……都汇到一起了。呵,春节到了!春节真好,春节真好!

要是天天都这样就好了。春节呀,你不要走!

最快活的节日

赏析／陈龙银

一年中，你最喜欢哪个节日？你觉得最热闹、最快活的节日是什么？不用说，你一定会说："当然是春节！"是啊，春节里有好玩的、好看的、好吃的，谁不喜欢？

春节是我国的传统节日，作者把人们对它的期盼和节日期间的热闹景象作了细致而生动的描述，表达了作者对节日的赞美和对生活的热爱之情。

小朋友，你是怎么理解春节的？也请你说一说吧。

人们一边吃着象征团聚的元宵，一边欣赏着圆月，团团圆圆。

元宵夜

●文/蒲华清

今天晚上，月亮好圆好圆，元宵节到了，过"灯节"了。

难怪今天爷爷奶奶特别高兴：爸爸妈妈、姑姑姑爷、表哥表姐……都到奶奶家来了，亲人们团聚了！

难怪今晚家家都挂起红灯笼。我们小孩还一人提着一盏小红灯笼,去参加镇上的灯会哩!

灯会上,一片人山人海,灯山灯海。大家聚在一起,欢庆这春节后的第一个月圆的夜晚,欢庆这大地回春后的第一个月圆的夜晚呀!

夜深了,我们才回到家,望着月亮吃元宵。月儿圆圆,元宵圆圆。我们把一个个元宵吃下去了,把难忘的元宵之夜留在心里了。

团聚的节日

赏析／陈龙银

春节之后的第一个重要节日便是正月十五的元宵节了。它是我国的传统节日,是家庭团聚的节日,也是人们观灯的节日。人们一边吃着象征团聚的元宵,一边欣赏着圆月,团团圆圆,和和美美。这篇散文便是抓住这几点来写的,很全面地写出了元宵节的意义和热闹气氛,表达了作者对传统节日的赞美和热爱生活的感情。

当我们在享受着幸福生活的时候，千万不要忘记这些可亲可敬的先烈们。

清明节

●文/蒲华清

清明节，老师带我们去烈士陵园扫墓，去看望长眠在地下的解放军叔叔。

老师说，这几位解放军叔叔，当年从北方打到南方，打过数不清的大仗，消灭了数不清的敌人，是了不起的英雄啊！谁知在最后一次，也就是解放我们这座城市、解放叔叔们的家乡的战斗中，倒下了！叔叔们没能看到全国解放，没能回到解放了的家乡！

我们城市的人们忘不了这些叔叔，在高高的山上，为叔叔们竖起高高的纪念碑，让叔叔们日夜看到我们的城市，看到他们日夜思念的故乡！每年清明节，我们小朋友，也跟着扫墓的大人们，来看望叔叔，怀念叔叔，感激叔叔，听老师讲叔叔们当年的故事。

每当夜晚，我们爱久久地望着城市那一片灯海。灯海中，我们总感到有叔叔们明亮的眼睛，在望着我们，深情地望着我们。

祭奠亲人的节日

赏析／陈龙银

清明节是我国传统的二十四节气之一，在每年公历的四月四、五或六日。这一天，是人们祭奠亲人、进行扫墓的日子。散文描述了一群小朋友在老师的带领下，来到烈士陵园扫墓，祭奠为解放他们的城市而献出生命的解放军战士们的情形。这些先烈为了我们的幸福生活不惜抛头颅洒热血，当然是最值得尊敬的亲人。当我们在享受着幸福生活的时候，千万不要忘记这些可亲可敬的先烈们。

小朋友，你发现了什么？你想到了什么？说一说吧。

天上和地上

●文/岳　芩

我们的头上是天，脚下是地。在天上和地上有许许多多奇妙的事：鸟儿在天上飞，人就造出了飞机，我们就可以在天上飞来飞去；小树苗在地上生长，人也像树一样慢慢长高长大。

小朋友，你的纸飞机不是在天上飞吗？你的小脚丫不是在地上走吗？你的梦想被星星和月亮牵上蓝天，只要仔细看啊听啊想啊，天上和地上真有好多好奇妙的事哩！

天上地上都奇妙

赏析／陈龙银

天上不仅有鸟儿飞，还有云儿飘动、日月星星在闪耀。地上不仅有小树苗在长高，一切有生命的东西都在生长、变化。天上、地上都有许许多多奇妙的事儿，只要你去看、去想，你就会发现。小朋友，你发现了什么？你想到了什么？说一说吧。

保护自然，关爱一切生命，是我们每个人的责任和义务。

绿色孩子

●文/胡木仁

天空脏了。

树儿，举起绿色的扫帚说："我们扫扫。"扫呀扫，天空蓝了。

白云脏了。

树儿，举起绿色掸子说："我们掸掸。"掸呀掸，白云白了。

星星脏了。

树儿，举起绿色抹布说："我们擦擦。"擦呀擦，星星亮了。

树儿，一个个绿色孩子，它们举起一把把绿色扫帚，一只只绿色掸子，一块块绿色抹布，不停地扫呀，掸呀，擦呀……大自然干净了，大地妈妈更漂亮、更年轻了。

绿色孩子，多勤快，多可爱呀！

绿色孩子让世界更美丽

赏析／陈龙银

天空、白云和星星脏了，树儿就会来帮忙，让它们变得干干净净。树儿像个绿色孩子，是那么懂事，那么关爱大自然和亲爱的大地妈妈。散文诗把树儿比作绿色的娃娃，它用自己的双手改变着世界，让

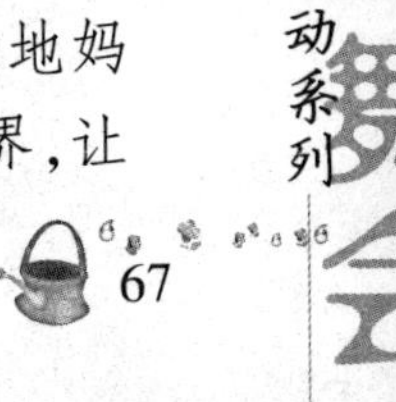

世界变得更加美丽。绿色是生命的象征，树是人类宝贵的财富。世界不能没有绿色。保护自然，关爱一切生命，是我们每个人的责任和义务。

小朋友，你眼中的荷叶像什么呢？

荷叶圆圆

●文/胡木仁

小水珠说："我的摇篮。"

小水珠，躺在圆圆的荷叶上，眨着亮晶晶的眼睛。

小蜻蜓说："我的机坪。"

小蜻蜓，停在圆圆的荷叶上，展开宽宽的翅膀。

小青蛙说："我的歌台。"

小青蛙，蹲在圆圆的荷叶上，"呱呱"地放声歌唱。

小朋友说："我的凉帽。"

小朋友，戴上圆圆的荷叶，笑嘻嘻，红润润的脸蛋儿，藏在绿油油的荷叶下，比荷花还香还美呢！

荷叶的用处多又多

赏析／陈龙银

荷叶的用处真不少：小水珠把它当作摇篮，小蜻蜓把它当作机坪，小青蛙把它当作表演的舞台，小朋友把它当作凉帽。荷叶儿多奇妙！散文诗抓住了荷叶的特点，写出了荷叶在不同人物眼中的不同作用，形象生动，很能激发人们想像，也体现了作者对自然的热爱之情。小朋友，你眼中的荷叶像什么呢？

自然有着许多奇妙的语言，只有热爱它的人才能听得懂、说得出。

悄悄话

●文/胡木仁

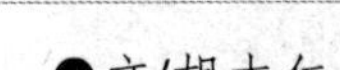

花朵儿，蜜蜂儿，一块儿说着悄悄话……

悄悄话，说些啥？

花朵儿说："我要结香香的果。"蜜蜂儿说："我要酿甜甜的蜜。"

露珠儿听了，它把悄悄话告诉了小鸟；小鸟听了，它把悄悄话告诉了云朵；云朵听了，它把悄悄话告诉了太阳；太阳听了，它把悄悄话告诉了小朋友……

小朋友听了，望着花朵儿和蜜蜂儿，心里在说："好香好甜的悄悄话呀！"

大家一定很喜欢又香又甜的悄悄话，那就早早地起床吧。

又香又甜的悄悄话

赏析／陈龙银

花儿和蜜蜂说的悄悄话被露珠听见了，很快便传到了小鸟、云朵、太阳和小朋友的耳朵里。它们说的是什么？——要结香香的果，要酿甜甜的蜜。啊，原来说的是又香又甜的悄悄话呀！散文写得很美。这么美丽的大自然，我们能不热爱吗？自然有着许多奇妙的语言，只有热爱它的人才能听得懂、说得出。

老师是我们走向美好未来的引路人。

大街上的星星

●文/程逸汝

一条宽阔的大街，有多少盏灯？那样明，那样亮，一盏又一盏，像闪闪的星星。

星群中，有双明亮的眼睛，她出神地凝望着成串的街灯，一盏街灯，一颗星星，数不清的星星啊，织成长长的灿烂的路灯。

啊，街灯，大街上的星星，多像老师明亮的眼睛。不管夜色多么暗淡，老师总让我们看清：哪是坎坷，哪是泥泞。

小女孩笑了，仿佛自己也变成了一盏街灯，一闪一闪，像大街上的星星。

闪闪的星星明亮的眼睛

赏析／陈龙银

盏盏街灯像闪闪的星星，闪闪的星星又像老师明亮的眼睛。作者由此及彼，想得很多，但这种联想又是合情合理的。是啊，老师就像为我们照亮脚下道路的街灯，他的眼睛就像为我们指明方向的星星。老师辛勤工作，都是为了我们更好地成长。老师是我们走向美好未来的引路人。散文借物抒情，表达了对老师的敬爱之情。

要想学到真本领，就必须有坚忍不拔的毅力。

脸上的小红花

●文/程逸汝

窗帘拉开了。我看到窗外飘着雪花，远处的电线杆、房屋，近处的树木、街道，全都白了。

我背着书包，顶风冒雪上学校，北风呼呼吹，好像在问："冷吗？"我呵口热气，说："冷，可我不怕！"雪花轻轻飘，好像在问："滑吗？"我加快脚步，说："要是滑倒，爬起来再跑！"

我走到校门口，看到老师，忙说："老师早！"老师摸摸我红红的脸颊，笑了："啊！你的脸上开了两朵小红花。"

勇敢又好学的好娃娃

赏析／陈龙银

天下起大雪，冷风飕飕，可"我"不怕；路很滑，可"我"也不怕。要想学到真本领，就必须有坚忍不拔的毅力，就应该不怕苦不怕累，坚持天天上学，努力学知识。你看，文中的小朋友多懂事！难怪老师抚摸着他的脸颊，笑了，还说他红红的脸蛋像"两朵小红花"。

这时候，塔上的风铃在响，丁当，丁当。

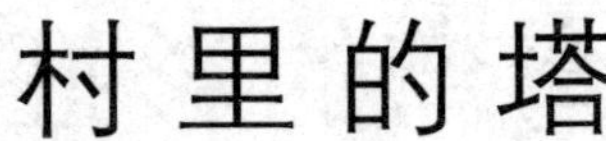

村里的塔

●文/吴 然

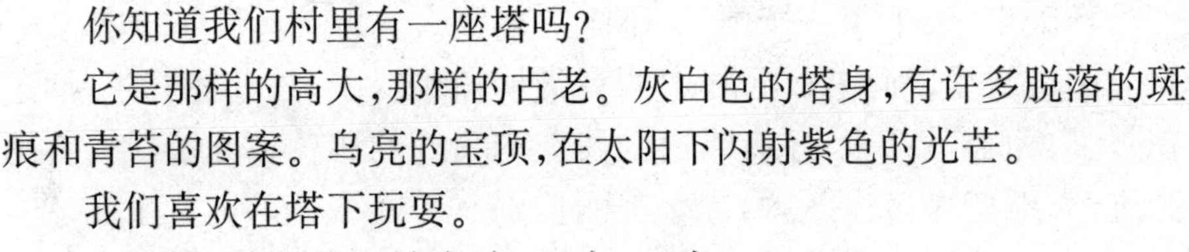

你知道我们村里有一座塔吗?

它是那样的高大，那样的古老。灰白色的塔身，有许多脱落的斑痕和青苔的图案。乌亮的宝顶，在太阳下闪射紫色的光芒。

我们喜欢在塔下玩耍。

这时候，塔上的风铃在响，丁当，丁当。

这时候，光滑的砖缝里，飞出小鸟美丽的翅膀。

古老而美丽的塔

赏析／陈龙银

这篇篇幅短小的散文描述的是村里的一座塔：写到了塔的高大、古老，写到了塔身、塔顶，还写到了塔上的风铃、塔身的砖缝。我们虽然没有亲眼看见，但读了文章便可想到这座塔的样子。作者在字里行间表达了自己对这座塔的喜爱，也体现出作者对家乡的热爱之情。

春天是活力的象征，春天是美丽的象征。

弯弯的彩虹

文/吴　然

春天来了，下了一场雨，又下了一场雨。

山坡绿了，河滩绿了，村道两旁的柳树也绿了。杜鹃花开了，油菜花开了，蒲公英开了，还有雪白的梨花和粉红的桃花也开了！哟，春雨洒过，大地变得多么新鲜，多么美丽！

这时，天空出现一道彩虹，一道弯弯的彩虹！

蜜蜂飞着，蝴蝶飞着，鸟儿鸣叫着，小牛犊、小马驹、小山羊欢蹦着，一架红色的拖拉机，“突突突”吐着烟朵，开到彩虹里去了……

呵，弯弯的彩虹，是太阳献给大地的花环吗？

花环下的美

赏析／陈龙银

这篇散文写的是一场又一场春雨过后大自然的美：草儿、树儿绿了，花开了，动物们热闹起来，人们忙碌起来。就在这充满生机的美丽大地上，一弯彩虹架起来了，就像是给大地戴上了美丽的花环。你看，这是一幅多美的画！春天是活力的象征，春天是美丽的象征。

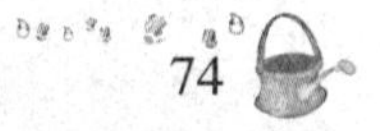

我们热烈，我们快乐，我们唱着金色的歌。

太阳的女儿

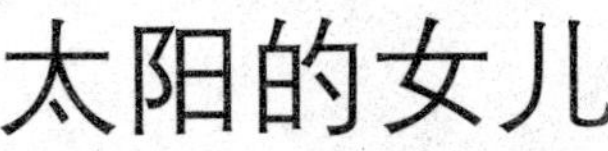

●文/吴 然

我们是太阳的小女儿，小小女儿。

我们在太阳下开放。太阳给我们灿烂的金黄，我们散发着阳光的芳香。

我们热烈，我们快乐，我们唱着金色的歌。

我们是油菜花，大地是我们的家。

一大早，蜜蜂就来拜访我们。嗡嗡嗡，嗡嗡嗡，它们忙碌着，它们赞美我们的花蜜很甜。我们很高兴，我们喜欢蜜蜂，喜欢它们说我们的花蜜很甜。

我们也喜欢蝴蝶。蝴蝶总是那么文静，那么有礼貌。它们喜欢在我们的花丛中捉迷藏，在我们的花丛中做游戏。一只黄蝴蝶悄悄地说，让我也当一回油菜花吧，我会有很多蜜蜂喜欢的花蜜。我们笑了，笑成一片“油菜蝴蝶”……

突然听到小男孩在叫：“爸爸，油菜花飞起来了！”

可爱的油菜花

赏析 / 陈龙银

小朋友一定见过油菜花。这种普通的农作物的花，在作者的笔下

却写得格外美丽。作者把它比作“太阳的小小女儿”，因为它在太阳下开放，又有太阳般灿烂的金黄。作者写蝴蝶和蜜蜂对它的钟爱，因为它有美丽的花朵、迷人的芳香。作者还把它比作“会飞的蝴蝶”，更加突出了它的美丽、可爱。拟人化手法的运用，使文章更加生动有趣。

爷爷说，菊花开了，秋天才像秋天了。

菊　花

●文/吴　然

一阵秋风吹来，树叶打了个寒战说：“冷啊！”小草抖瑟着说：“冷啊！”

树叶黄了，飘落了；小草黄了，枯萎了。还有好多花，都谢了，娇嫩的花瓣，经不住冷风和霜冻。

这时候，菊花开了：黄菊，白菊，紫菊，红菊，墨菊……所有的菊花都开了！

秋天变得热闹起来。

秋天不是只有风，只有飘落的树叶和枯黄的小草。

秋天有菊花。

爷爷说，菊花开了，秋天才像秋天了。菊花把长过庄稼和结过果实的大地，打扮得格外美丽。

一阵秋风吹来，是菊花的清香，是菊花们用自己的色彩和芬芳，在赞美劳动，赞美丰收的大地。

菊花装扮了秋天

赏析／陈龙银

秋天到来，树叶黄了，纷纷飘落下来；小草黄了，渐渐枯萎；花儿也纷纷谢了。你也许认为秋天是凄凉的。但只要你看到各色菊花竞相开放，你又会觉得秋天不仅和春天一样美丽，而且还多出了一份收获的喜悦。是菊花装扮了秋天，让秋天有了色彩，有了活力。散文篇幅不长，却写出了菊花是秋天美的使者，表达了作者对菊花的喜爱和赞美之情。

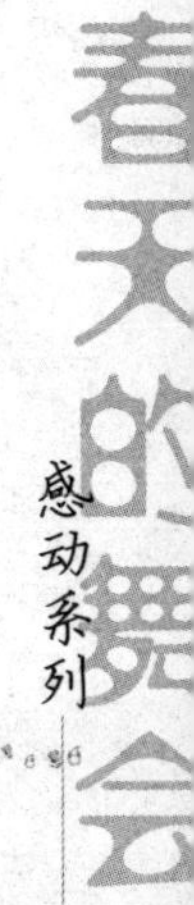

小白兔嘻嘻哈哈笑着，也一头钻进了那张绿网，再也不肯出来。

柳树姐姐当渔翁

●文/刘保法

小白兔跟着爸爸去春游，看到河边有一棵美丽的柳树。

柳树的枝条又细又长，密密麻麻，低低地垂在河面，织成了一张绿色的渔网；远远地看去，那柳树姐姐就像一位绿色的渔翁，站在河边，捕捉着春天的美丽——

几条鱼儿游过来，游进了绿网；

几只鸟儿飞过来，飞进了绿网；

太阳倒映在河面上，也被绿网网住了，急得它胖圆的脸涨得通红通红……

“嘿，柳树姐姐这个渔翁可真厉害呀，连太阳公公也敢捕捉！”小白兔嘻嘻哈哈笑着，也一头钻进了那张绿网，再也不肯出来。

兔爸爸问：“你怎么不走啦？”

小白兔回答：“哎呀，我也被绿网网住了，我走不了了……不过，我觉得很快乐！”

网住快乐的绿网

赏析／陈龙银

世界上会有一种只网快乐的网吗？有的，这篇文章写的就是这样

一张网。这是堤岸上的柳树编织的绿色的网。在这张网里，有鱼儿、飞鸟以及红红的太阳，还有一只“自投罗网”的小白兔呢。它躲进绿网里，是要享受春天的美丽。散文选取柳树绿阴这一角度来写，表现了春天大自然的美好。

在樱樱看来，葵花娃娃那么可爱，它们亲不到妈妈会多着急呀！

亲亲太阳

●文/刘保法

清晨的太阳，用嫩红的光芒，轻轻地柔柔地抚摸着世上的一切，就像慈祥的妈妈抚摸自己心爱的娃娃。

金黄的葵花，仰起圆圆的脸盘，冲破一切障碍，迎着阳光一个劲儿往上长。

樱樱开门看到了这一切，不禁在心里欢呼：多么温馨多么有活力的一家！

樱樱提起水桶，一桶一桶不停地给葵花浇水……

妈妈惊奇地问：“你这是干啥？为啥给葵花浇这么多水？”

樱樱仰起圆圆的脸盘回答：“好让葵花快快长高呀！葵花娃娃想亲亲太阳妈妈的脸，我想帮帮她的忙。”

樱樱的爱心

赏析／陈龙银

樱樱为了让葵花尽早亲到太阳妈妈的脸，一大早便给葵花一桶接一桶地浇着水。在樱樱看来，葵花娃娃那么可爱，它们亲不到妈妈会多着急呀！我们的小主人多有爱心！散文描述的虽然是一件小事，却充分表现了小主人公樱樱纯洁的童真和爱心，反映了儿童独特的思维和视角。

樱樱多有想像力，童心多纯真、多可爱！

白 猫

●文/刘保法

樱樱清早起来，迎着冰凉凉的晨风，在山坡上做早操。

做着做着，樱樱突然觉得有只白猫钻到了她的脚边；低头一看，哪里是什么白猫呀，原来是一团雾，悄悄然，悄悄然移动脚步，在她膝间轻轻缠绕。

樱樱伸手去抓，“白猫”调皮地化作白雾，默默逃掉；

樱樱站着不动，白雾又聚在一起变成“白猫”，悄悄跑过来，吓了樱樱一跳。

哦，一定是山里的雾怕我孤单，来陪我玩！

樱樱不再做早操。她一会儿追,一会儿抓,一会儿又蹑手蹑脚地逃跑,做着各种各样的怪动作……

爸爸觉得奇怪,打开窗户问樱樱:"你究竟在搞什么名堂?"

樱樱笑嘻嘻地回答:"我在跟白猫玩捉迷藏。"

"白猫?哪里来的白猫?"

爸爸的眼睛睁得像个大问号!

雾是只可爱的白猫

赏析/陈龙银

这篇叙事散文讲了一件十分有趣的事:小朋友樱樱在做早操时,突然发现一团白雾来到自己的脚下,雾像一只白猫,和她玩起捉迷藏的游戏,樱樱和它玩得可开心了。爸爸被女儿奇怪的举动弄糊涂了,更不知道女儿说的"白猫"是什么。是呀,没有孩童的想像,没有童心,你是怎么也弄不明白的。樱樱多有想像力,童心多纯真、多可爱!

圆舞曲的旋律优美舒缓、悦耳动听，简直令人心醉。

蟋蟀不再鸣叫

●文/刘保法

夏夜，樱樱坐在花园的大樟树下乘凉。

有几只蟋蟀在草丛里起劲地鸣叫，“嚯嚯！”，“嚯嚯嚯嚯嚯！”，“嚯嚯嚯嚯！”……鸣叫声，此起彼伏，委婉动听。

樱樱乐了：“这不是一首美妙的乐曲吗！”

樱樱“噔噔噔”跑回屋，拿出自己心爱的小提琴，站在大樟树下拉起了施特劳斯的圆舞曲《维也纳森林》。圆舞曲的旋律优美舒缓、悦耳动听，简直令人心醉。

突然，樱樱发觉蟋蟀们不再鸣叫。花园里一下子静下来，静得让人觉得有点害怕。

樱樱却拉琴拉得更起劲了。

樱樱明白：蟋蟀们突然不再鸣叫，肯定是被她的琴声陶醉了，蟋蟀们正在聚精会神地听她拉琴呢！

夏夜，蟋蟀们躲在草丛里听樱樱拉琴……

为蟋蟀表演

赏析／陈龙银

这是一篇叙事散文，讲了这样一件事：小朋友樱樱听到了蟋蟀叫，感觉到像在听着欢快的乐曲，她便赶紧拿来小提琴，拉起圆舞曲《维也纳森林》。小提琴一响，蟋蟀不叫了。樱樱觉得蟋蟀们听琴听得入了迷，便更加用心拉。在樱樱看来，她是在为蟋蟀们表演呢，蟋蟀们那么用心听，自己怎么能不认真？一件小事，让我们看到了一颗纯真的童心，一颗热爱自然、热爱生命的纯洁的童心。

在雪浪与沙滩之间，诞生了世界上最大的爱的摇篮。

雪浪与沙滩

文/明 照

我躺在柔柔的沙滩上，谛听着：

一排排雪浪奔涌而来，哗哗的歌声传得很远。

在雪浪的冲击下，沙滩律动着。

雪浪退去了，平静把沙滩铺满。

每一朵浪花是雪浪涌动的因子。

每一粒沙子是构成沙滩的血点。

雪浪涌来的时候是欢腾的。

欢腾得如同千万树梨花绽开。

沙滩平静的时候是寂寞的。

寂寞得如同无云的蓝天。

欢腾的雪浪，只有在大海上才显出倔强的形体，才会自由地扑向沙滩。

寂寞的沙滩，渴望着在雪浪涌来的一次次荡涤中，达到水晶般的完善。

我想——在沙滩与雪浪之间，存在着一种美的运动。

雪浪充满活力的欢腾，是一种阳刚之美。

沙滩的寂寞与孤独，是一种阴柔之美。

沙滩默默地呼唤雪浪。

雪浪完美地拥有沙滩。
美的运动构筑了大海的风景、大海的悠远。
我想——在雪浪与沙滩之间，存在着一种诗意。
短暂的静止是焦渴的思念。
静止转换为运动是永恒的诗篇。
浪涌来了，涌来了。
浪吻着，拥抱着倾斜起来的沙滩。
沙滩思念着，思念着。
焦渴的思念，化成了尽情的歌吟与震颤。
诗意是一种爱的美丽。
诗意是一部美的诗篇。
只有在雪浪的拥抱中，沙滩被游人踏过的肌体才会得到新生。
也只有在沙滩的震颤中，雪浪才会把青春的力量展现。
我蓦然悟到：
在雪浪与沙滩之间，诞生了世界上最大的爱的摇篮。

爱与美的诗

赏析／陈龙银

这篇散文诗用优美的语言写出了雪浪和沙滩的美，写出了两者之间的爱。在沙滩与雪浪之间，存在着一种美的运动——只有雪浪在不停地运动，沙滩才会显出独特的美，雪浪才会让人感到它的力量；在雪浪与沙滩之间，存在着一种诗意——动与静的和谐产生了诗一般的美。这所有的美都源自“爱”——大自然的爱。所以，文章说，这里“诞生了世界上最大的爱的摇篮”。

蜜蜂们团结一心，终于把贪吃的熊赶走了，保住了它们的劳动果实。

蜜蜂的云

●文/明 照

仲夏夜的风，无情地推倒了小河边上的一棵老态龙钟的柳树。

老柳树粗大的身躯，横在铮铮流淌的小河上，宛如木桥一样。

小河水不停顿地冲击着老柳树杈，激起沙枣花一样的水花簇簇团团。

在明朗朗的蓝天下，花草的海洋里，荡着一只棕色的船——哦，那是一只弓着背的棕熊，慢条斯理地穿过枝叶纷披的灌木，绕过散发着香气的红柳丛，优哉游哉地走在花孩子们翩翩起舞的草原上；它激起波涛一样腾飞的鸟儿，它溅起浪花一样飘逸的蝴蝶，慢悠悠地来到了涓涓流淌的小河边上。

棕熊爬上了小桥似的老柳树，走了几步，停下来，低下笨拙的头，在裂开的树干上嗅着什么，一种似乎很甜的东西。

一群金豆子似的蜜蜂，从四面八方汇集而来，在棕熊的头上"嗡嗡"地叫着，好似黄色的云。

棕熊怒冲冲地抬起头，对着这一群琥珀色的小精灵，低沉而重浊地叫了几声。

蜜蜂的云，如米色的网罩住了棕熊。

——难道，喷放着馨香的小河彼岸，是蜜蜂神圣不可侵犯的领地？

——难道，勤劳善良的蜜蜂和恣意横行的棕熊之间，有着什么难言的新仇宿怨？

棕熊一闪身子，“扑通”一声掉入了小河里，迸起的晶莹莹水花炸破了蜜蜂的网。

蜜蜂们又聚在一起，云彩一样的向河水中的棕熊飘去。

棕熊，使劲儿地摇动着尖刀似的耳朵，又爬回了绣着鲜花和绿草的河岸。它看见蜜蜂的云又飘忽而来，惶惶然地抖抖身上的水珠，低垂着头，跑向了布谷鸟声声鸣叫的白桦林。

谁又能想到呢——棕熊刚才是在老柳树干上舔着蜂房的蜂蜜；而吉祥的云一样的蜜蜂，是在用战斗保卫着它们用心血酿造的爱的琼浆……

熊和蜜蜂的战斗

赏析／陈龙银

散文讲述了这样一件事：一棵老柳树被风吹倒了，跌进小河里。在这棵老柳树上有个蜂窝。一只熊闻到了蜂蜜的香味跑来了，想吃树上的蜂蜜。蜜蜂们团结一心，终于把贪吃的熊赶走了，保住了它们的劳动果实。散文用非常优美的语言记叙了这一战斗场面，虽然没有血腥场面，读者却能从中体味到蜜蜂们的团结精神和不畏强者的品质。

残雪有生命吗？在这篇文章中，草原上的残雪就是有生命的。

羞涩的残雪

●文/明 照

我看见了你哟，残雪！

在山脚下，你像白围裙一样；在枯黄的芨芨丛后，你宛如堆起的羊绒……

我看见了你哟，残雪！

在山丘的背阴里，你恰似一弯新月；在解冻的小河畔的柳丛下，你犹如凝固的簇簇浪花……

我看见了你哟，羞涩的残雪！

你使我想起了出嫁前的大姐——她就像你一样，终日满意地微笑着，在毡包内外忙碌着，脸上绯红的云儿小鸟般时起时落……

我看见了你哟，羞涩的残雪！

羞涩的残雪，赛白诺！

赛，赛！

我是羞涩的，羞涩的残雪——羞涩的像早霞的云朵……

我是恬静的，恬静的残雪——恬静的像憩息着的白天鹅……

因为哟，我实现了美妙的憧憬，悠长的梦……

我的憧憬，我的梦，像绿色的网，罩住了男子汉般雄壮的高山，坦荡辽远的草地，光秃秃的树林，浅蓝色的小河……

我是羞涩的，羞涩的残雪！

可爱的牧童,赛白诺!

赛,赛!

羞涩的残雪,我昨天看见你,你像白色的沙丘;今天,我见你瘦多了,脸上出现了蜂窝状的笑靥……

草原要绿了,绿了……

你要去了,去了……

我不愿意你离开我哟,羞涩的残雪,赛白诺!

赛,赛!

我不会离开你,可爱的牧童!

我将永住在你的心窝。

因为哟,我会在湿漉漉的草地上,印下我浅浅的新绿的身影;我会在小河荡动的浮萍上,跳着柔曼轻快的舞——我没有去,没有去……

因为哟,你会在牛马骆驼羊此唱彼和的鸣叫中,听到我由衷的心曲;你会在柔韧的树枝的芽苞上,看到我凝滞的笑——我没有去,没有去……

可爱的牧童,你不要忧郁!

你可以常常看到我。

在绿柳上梳理长发的是我;挥动着绿纱巾徜徉在树林中的是我;浮游在蓝天上的白鸽子似的云朵是我——我没有去,没有去……

真的,我没有去!

我用每一朵洁白纯真的雪花,去开拓草原富有诗意的绿色欢乐;我用春风的大笔,把爱字写遍了草原的每一个角落。

可爱的牧童,赛白诺!

(注:赛白诺:蒙古语,你好。赛:蒙古语,好。)

拥有生命的残雪

赏析／陈龙银

残雪有生命吗？在这篇文章中，草原上的残雪就是有生命的。你看，“我”是多么热爱草原上的残雪，对她是那么充满深情。而残雪同样也不肯离去，她要永远驻在牧童的心里。散文把草原上的残雪写得很美，写到了她的模样，写到了她的情态、她的变化，写到了“我”对她的感情和她对“我”的感情。文章自始至终饱含深情，很有感染力。

夏令营是小朋友们集体放飞快乐的时候。

快乐的夏令营

●文/吴　珹

小鸟为我们引路，泉水伴我们唱歌，夏令营的队伍穿过树林，走进这绿色的山谷。

狗尾巴草像我家小花狗的尾巴，在腿肚上亲昵地搔痒。

蓝蜻蜓像纸叠的小飞机，在身边悄悄地滑翔。

我们在蒲公英的小屋里寻找秘密。

我们在大树下倾听地下蚁城的童话。

昆虫网，网住了多少会飞会唱的学问；标本箱，装满了夏天的赐

予，也装满了我们的欢笑。

那栩栩如生的化石，把我们带到了远古的森林。

这生机勃勃的小树，和我们谈论着新世纪的年轮。

源源不断的知识，像清凉的山泉，流进了我们渴求的心田。

那白莲般的帐篷里，飞出了一串串快乐的笑声。这笑声中，有山泉的韵律，有野花的芳馨……

让快乐集体放飞

赏析／陈龙银

夏令营是小朋友们集体放飞快乐的时候。在夏令营中，我们不仅融入到集体中，找到了集体的快乐，而且亲近了自然，放松了心情，学到了许多书本上学不到的知识。小朋友们谁不喜欢夏令营？

这篇散文就是描写我们熟知的夏令营的。文章一开始写景，衬托了“我们”的好心情；接着写“我们”利用这大好时光探索自然的奥秘；最后写到了“我们”是多么快乐。散文语句非常优美，很有韵味，读起来朗朗上口。

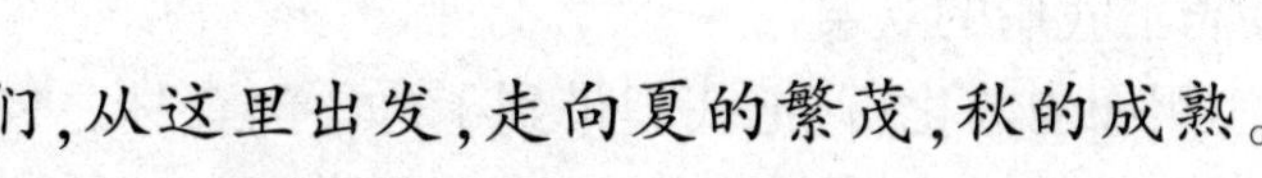

我们，从这里出发，走向夏的繁茂，秋的成熟。

春天来了

●文/吴　珹

春天来了！

春天，从大雁的叫声中飞来；春天，从解冻的冰河里涌来。

校园里沉默的垂柳，吐出了一串串水灵灵的音符；从冬雪禁锢中苏醒的小草，开始编织绿色的信念。

春天来了！

春天，从我们的歌声中飞来；春天，从我们的故事里走来。

电教馆的屏幕上，有声有色地叙述着一个个新世纪的童话和传说；我们的画夹上，也充满了新奇，增添了色彩。

在这播种的季节里，快播吧！播下一颗颗绿色的心，播下一个个金色的希望。

在这栽树的季节里，快栽吧！栽下杨柳，栽下桃李，栽下一个个五彩缤纷的梦。

春天来了！春天来了！

我们像春笋一样冒尖，我们像山花一样烂漫。

春雷为神州喝彩，电脑在设计未来。

我们，从这里出发，走向夏的繁茂，秋的成熟。

我们，从这里出发，走向绿阴蔽天的人生，走向金碧辉煌的理想！

一年之计在于春

赏析／陈龙银

人们常说：一年之计在于春，是啊，春天是一年的开始，是一年中最精彩的季节。这篇散文用优美的语言，深情地赞美了春天。文章写到了春天来到时大自然的变化，写到了人们如何抓住大好时光努力学习和工作。有了良好的开端，作者便看到了希望，想到了美好未来。春天总是让人充满希望，叫人浮想联翩。小朋友，你是怎么理解春天的？

不管是什么样的童年，让它与快乐相伴才是最重要的。

童　年

●文/吴　城

童年，在小河边送走远航的芦叶船。
童年，在草地上放飞纸糊的花蝴蝶。
童年，爱和布娃娃说悄悄话。
童年，用橡皮泥捏出千姿百态的想像。
童年，在蒲公英的小屋里寻找展开翅膀的童话。

童年，在万花筒里旋转着五彩缤纷的梦。

童年，在蚁窝和鸟巢里，在电动汽车和电子计算机里，以至在因特网上，探索着各种各样的秘密。

童年，有人之初最可贵的本性，有追根究底的好奇，有无拘无束的创造。

童年，天真而又诚实，不受世俗的蒙蔽。

童年，最贫穷也最富有。那时候，真可谓是最无知的智者，最无忌的哲人。

童年最可贵

赏析／陈龙银

在这篇文章中，作者用诗一般的语言赞美了童年。童年有许许多多快乐和梦想，童年又是对什么都充满好奇的，童年是最真、最纯的。童年是人生中最可贵的阶段。每个人都有童年，每个人的童年又有着不同经历，每个人的童年故事都是不同的。但不管是什么样的童年，让它与快乐相伴才是最重要的。

小朋友，你从蝉声里听到了什么呢？

山林的蝉声

●文/吴 珹

雨后的山林里，还滴落着零零星星的雨珠，空气格外清新。树上的蝉，仿佛也润了润嗓子，此起彼伏，唱得那么带劲。

“吱——”有一只领唱，整个树林都唱起来了，这是它们生命的大合唱，热烈而又虔诚。那跳动的音符，将天籁和地声吸取，融成一种韵律，成为山林里最激动的乐章。

据说，蝉在土层下等待了好几年，才盼来这欢乐的时光。

听！那悠扬的蝉声中有赞美，那真诚的蝉声里有祝福。

是啊，它们也在歌唱自己的家乡，那苍翠的树林、清澈的泉水和雨后的彩虹，还有那希望小学里一张张山花般烂漫的笑脸。

山林里最激动的乐章

赏析／陈龙银

这篇散文描述了雨后山林里那如雨的蝉声，写到了蝉声的热烈和虔诚，写到了蝉声中蕴含的赞美和祝福，并联想到蝉儿歌唱的是什么。散文用词讲究，语句优美，读起来朗朗上口，表达了作者对蝉声的赞美和对雨后山林的热爱之情。夏日来临，蝉声便会此起彼伏。小朋友，你从蝉声里听到了什么呢？

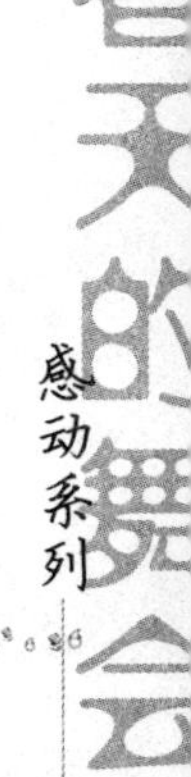

童年的点滴趣味事是一个人享用一辈子的财富。

螳　　螂

●文/柯愈勋

螳螂是那些极易捕捉的昆虫中的一种。

在稻禾上，在草丛间，在花枝上，都容易发现螳螂。

螳螂并不十分怕人，见了我们，往往不飞也不躲。

夏天的晚上，它甚至扑进我们的窗户，把自己送到我们面前。

螳螂总是威风凛凛地举着它的那两把大刀。

大刀上有锯齿。

螳螂的模样，真像昆虫中的武士。

我们对螳螂武士，可不够友善。

现在想来，那近乎是一种恶作剧似的残忍。

我们爱玩螳螂。玩的方法是：取上一支香——就是敬菩萨的那种。点燃。再把捉来的螳螂放在香的底端，让螳螂往上爬。

于是螳螂就一无所知地往上爬。它爬呀，爬呀，不一会儿就爬到了香的顶端。它的大刀一攀上，马上就给燃着的香烫得往后缩。

它退了下来。不一会儿，它又不甘心地往上爬。爬到顶端，又用大刀去攀那燃着的香，又给烫得往后缩——它就这么周而复始地重复着，一次又一次地折腾着自己。一次又一次地让自己的大刀挨烧。

螳螂，一点也不聪明，一点也不吸取教训。

从螳螂的愚蠢看来，它，哪里配得上作昆虫中的武士呢？

愚笨的“武士”

赏析／陈龙银

这篇散文描述了“我们”是如何捕捉螳螂，并玩“螳螂爬香”这一游戏的。文章前面一部分重点写了螳螂的特点，后一部分重点写了“螳螂爬香”的过程，让我们知道了，有“武士”称号的螳螂其实并不聪明，总是不断地犯着同样的错误，不知变通。有玩螳螂这种机会的童年是快乐的，而且童年应该是快乐的。童年的点滴趣事是一个人享用一辈子的财富。

萤火虫，你不去捉它，它也会撞在你的身上。

萤火虫

●文/柯愈勋

夏天的夜晚，在故宅“玖庄”的周围，飞翔着好多萤火虫呵。

萤火虫在天上飞；萤火虫在草丛间闪；萤火虫在菜地里、在花枝间停息——明明灭灭的萤光，是黑夜开放出来的花朵吗？

萤火虫，你不去捉它，它也会撞在你的身上。

于是萤火虫就到你手中了。

手中有上三五只萤火虫，你若把小手合拢，那一闪一闪的萤光，便从指缝间，露了出来。

你的手指变得绿莹莹的了。

菜地上空飞翔着的萤火虫，特别多。

菜地里种植着大葱。捏下一段葱节，把萤火虫放进去，一只、两只、三只……

那一只只萤灯，闪烁在葱节里，特别好看。

我觉得——

那是梦的颜色。

闪烁的乐趣

赏析／陈龙银

散文描述的是夏夜故宅“玖庄”周围的萤火虫儿，写到了萤火虫很多，到处都有；写到了萤火虫不怕人；写到了“我”是如何玩萤火虫的。文章的语言很美。如写萤光，说它是“黑夜开放出来的花朵”；写萤灯，说它有着“梦的颜色”。文章表达了作者对童年的怀念和对大自然的赞美之情。

一天，又一天，蝴蝶就在墙上，张开它那美丽的翅膀，供我们欣赏。

蝴 蝶

●文/柯愈勋

乡夜。一灯高悬。

就是这样一盏昏灯，也吸引了无数的昆虫飞来。

从敞开的窗户飞进来的，有纺织娘，有蜻蜓，有蟋蟀，有螳螂……

有一晚，飞进来好大好大一只蝴蝶。

我们都兴奋起来。我们齐动手，要捉住它。

有人拿起了竹竿。“不能打，不能打。一打，翅膀就给打坏了。”

竹竿放下了。

那只大蝴蝶东飞西扑。它终于飞累了。

我们捉住了它。

这蝴蝶，可以用——硕大两字来形容。它，黑翅，上缀均匀、整齐的红色斑点、白色斑点、蓝色斑点。间着翠绿的条纹。这只蝴蝶好漂亮。

那时的我们，已经上过自然课。知道蝴蝶，可以制作标本。便找出大头钉，把这只蝴蝶，给钉在墙上。

一天，又一天，蝴蝶就在墙上，张开它美丽的翅膀，供我们欣赏。

有一天，我们发现墙上的蝴蝶有异。

凑近一看，不知是什么东西，把蝴蝶的躯体（有肉的部分），给吃了。

是什么东西，能爬到这么高的地方去呢？
是蜘蛛、是蟑螂、是爬壁虎……谁能爬那么高呢？
不得而知。

蝴蝶给我们的快乐

赏析／陈龙银

这是一篇叙事散文，讲述的是“我们”抓住飞进室内的一只蝴蝶，并把它做成标本的事。事情很简单，却反映了生活在农村的孩子特有的乐趣，以及他们对自然知识的探索欲望。文中对这只蝴蝶作了细致地描写，说明“我”观察很仔细。“我们”后来一直关注这只蝴蝶，说明“我们”求知欲望强。

有多少付出，就有多少收获，千万不要想着不劳而获。

小猴栽树

●文/陈忠义

小猴子非常喜欢吃那甘甜可口的水蜜桃。

有一天，他和小朋友们买回了许多桃树苗。他高兴极了，为了能早日吃上自己栽种的桃子，他制定了严格的管理计划：每天给小树苗浇一次水。

连续浇了几天树苗后，小猴嫌烦了。他想：每天要下山挑水，费劲伤神，干脆一个星期浇一次水吧。

又过了不久，他还是嫌麻烦：每个星期浇一次水，也够累的，还耽误和小伙伴们玩耍。他又改为一个月浇一次水。

再后来，他干脆不浇水了。

时间一年一年过去了，当小朋友们都吃上了甜滋滋、香喷喷的水蜜桃时，小猴不由得傻眼了，他当初栽下的小树苗早已干枯了……

不劳则无获

赏析／陈龙银

小猴喜欢吃可口的蜜桃，于是他想亲手种下桃树，以后就不愁没桃子吃了。他种下桃树后，开始是每天浇水，后来是一周浇一次水，再后来是一个月浇一次水，最后干脆不浇水了。结果如何？当然不仅没吃上桃子，连桃树也干枯了。文章给我们讲了这样一个道理：有多少付出，就有多少收获，千万不要想着不劳而获。

天稍微一旱，小溪便枯竭了，而大海则依然波浪翻滚。

小溪和大海

●文/陈忠义

一

一条小溪宽不足一米，最深处也只能没过膝盖，平时看起来总是满满的。稍微下点雨，容不下的雨水便漫向四面八方。小溪不住地埋怨："雨太大了，我装不下了！"

浩瀚的大海，无边无涯，深不可测，暴风雨倾泻个十天半个月，大海也能容得下。

小溪困惑地问："大海爷爷，我俩境遇为何如此截然不同？"

大海意味深长地回答："孩子啊，还是先从自己身上找原因吧！"

二

到了旱季，高温早把小溪蒸发得底朝天了。他又气得大骂："该死

的太阳，把我烤干了！”

面对烈日的曝晒、热风的吹拂，大海仍显得很平静，海平面也不见降低一丝一毫。

小溪又不解地问：“大海爷爷，当初我是那么充实，感到满足；而你看起来却并不那么充实，永不满足，为什么我干涸了，你却依然浩浩荡荡？”

大海深沉地回答：“孩子啊，这只能怪你自己不充实啊！因为容易满足的都不是真正的充实，而真正的充实却永远也不会满足的！”

要的就是真正的充实

赏析／陈龙银

稍稍下些雨，小溪便满足了，抱怨雨水太多；而大海永远不会自以为是，愿意接纳所有雨水。结果，天稍微一旱，小溪便枯竭了，而大海则依然波浪翻滚。这是为什么呢？文章最后实际上已经给我们揭示了主题——容易满足的都不是真正的充实，而真正的充实却永远也不会满足的。文章借小溪和大海对待雨水的不同态度，以及最后出现的两种不同结果，向我们阐释了深刻的道理，发人深省。

他们哪里知道，这是圆圆耍的“鬼把戏”呢！

圆圆劝和

●文/胡祁人

爸爸妈妈吵架了，好多天都不说话。这可把圆圆急坏了。她一会儿给爸爸讲笑话，想逗爸爸笑笑；一会儿给妈妈唱歌，想逗妈妈开心。可是，会讲的笑话讲完了，会唱的歌儿也唱完了，爸爸妈妈还是谁也不理睬谁。

“大人吵架，怎么生这么长的气？”圆圆搞不明白。

这天，爸爸出去了，圆圆和妈妈在家。圆圆趁妈妈不注意，泡了一杯茶。等爸爸从外面回来的时候，圆圆连忙把茶递给爸爸，还凑到爸爸的耳边，悄悄地说：“这是妈妈给您泡的茶。”爸爸接过茶杯，以为妈妈原谅他了。他冲圆圆做了个鬼脸，笑了。

圆圆又趁爸爸不注意，削了一个苹果，凑到妈妈耳边，悄悄地说：“这是爸爸给您削的苹果。”妈妈接过苹果，以为这是爸爸表示道歉了。她在圆圆脸上亲了一下，也笑了。

爸爸妈妈很快就和好了。不过，他们哪里知道，这是圆圆耍的“鬼把戏”呢！

圆圆的“鬼把戏”真灵

赏析／陈龙银

圆圆的鬼点子真不少，他的“鬼把戏”还真灵。你瞧，在他的精心“策划”下，闹别扭的爸爸妈妈很快就和好了，而且还都以为对方道歉了，自己赢得很有面子。双方心里都很高兴。——这就是圆圆的高招！文章写的只是生活中的小事，但真实而有趣，不仅表现了圆圆的机灵，而且也表现了一个三口之家的温馨。

文章真实地表现了一个孩子的心理变化，写得生动有趣。

雪花饺子

●文/胡祁人

大年除夕，外面下着大雪。妈妈在包饺子，都都在玩面皮。

一片又大又白的雪花从窗户上飘了进来，落在都都的面皮上。

“妈妈，雪花！”都都兴奋地说，“把它包进饺子里吧！”

妈妈接过都都手里的面皮，真的把雪花包进了饺子里。

妈妈在饺子外面粘上几粒黑芝麻，给雪花饺子做个记号。都都焦急地等着吃雪花饺子。

饺子煮好了，可是，里面的雪花早就化成水，再也看不见了！

都都吃着雪花饺子，感觉味道一样，又好像不一样。

晚上，都都做了个梦，梦见自己变成了快乐的小雪花，梦见每一片雪花都变成了快乐的小娃娃。

包进了快乐

赏析／陈龙银

都都把一片飘到饺皮上的雪花包进了饺子里，实际上就是把一份快乐送给了自己。你看，他看到飘进的雪花就够兴奋的了，妈妈给饺子做了记号后他便焦急等待着，吃的时候又在仔细分辨味道，晚上还做了个快乐的梦。这片雪花给都都带来多少乐趣！文章真实地表现了一个孩子的心理变化，写得生动有趣。

这时，都都赶紧躲到一边去，一个人偷偷地笑呢！

舅舅，别走

●文/胡祁人

舅舅到都都家来，不仅带来好吃的，还陪都都一起玩，都都可喜欢舅舅了！

可是，每当舅舅要走的时候，都都就拽着舅舅的衣角说：“舅舅，

别走！”

“都都，舅舅有事，下次再来看你！”舅舅还是要走。

怎样才能把舅舅留下来呢？都都动了很大的脑筋，终于想出一个办法。

“哎，我的包呢？”舅舅找不到自己的包了。

妈妈帮舅舅一起找，还是找不到。

天黑了，舅舅没找到包，真的走不掉了。都都心里乐开了花！

妈妈准备做晚饭，她一揭开锅盖，咦，这不是包吗？怎么跑到锅里来了？

这时，都都赶紧躲到一边去，一个人偷偷地笑呢！

留住舅舅的办法

赏析／陈龙银

都都很喜欢舅舅，舅舅一来，他就不想让他走了。可是怎样才能留住他呢？都都还真动了一番脑筋：把舅舅的包藏进饭锅里，谁也别想找着。舅舅找不到包，当然就走不了了。文章写的是生活中的小事，却很有趣，反映了一个孩子的思维方式。事情虽然可笑，但体现的感情却是真挚的、纯洁的。

朋友们友好相处，其乐无穷。

朋　友

●文/萧　袤

我是一只蝉，我有许多好朋友。

当我住在地底下时，朋友们常来看我。他们是：走路弯弯曲曲的蚯蚓，爱玩迷宫游戏的鼹鼠，穿着厚厚铠甲的穿山甲，田鼠姐妹，青蛙兄弟。

有一天，我钻出地面，认识了许多新朋友：勤劳的蚂蚁，背着小屋旅行的蜗牛，有许多只脚的蜈蚣，还有大片的青草，草叶上的露珠和蜻蜓。

爬到树中间时，我的朋友更多了。住在树洞里的熊，爱在树干上“打字”的啄木鸟，喜欢在树桠上荡秋千的猴子，等等。

我喜欢爬到树顶唱歌给朋友们听。

小鸟飞来了，蝴蝶飞来了，会变魔术的云朵飞来了。树上美丽的花，香甜的果，还有天上飘来飘去的蓝风筝，都喜欢我的歌。

我是一只蝉，我有许多好朋友。

亲爱的小读者，你有哪些好朋友？

蝉的朋友真不少

赏析／陈龙银

蝉的朋友真不少。它在地下、在地面、在树中间和在树顶上时都有许许多多的朋友。朋友们友好相处，其乐无穷。

这篇散文是按蝉的生活史来写的，很有条理，说明有朋友快乐无比，也反映了大自然的美好，表达了作者对自然和真情的赞美以及向往。

我们应当明白，什么是该做的，什么是不该做的。

含羞草

●文/萧　衮

“那些随地吐痰的人，你们为什么不害羞？
那些不遵守交通规则的人，你们为什么不害羞？
那些爱说假话、空话、大话、废话的人，你们为什么不害羞？
那些不爱护树木的人，你们为什么不害羞？
那些发动战争的人，你们为什么不害羞？
那些欺负小动物的人，你们为什么不害羞？
那些不孝敬父母的人，你们为什么不害羞？

那些给孩子带来伤害的人，你们为什么不害羞？

……对、对不起，我不是说你，请别用手指头碰我！……我怕，我什么也不会做，世界不会因我而改变；我只是发发牢骚而已，我……我好害羞呀！……”

含羞草没有把话说完，她害羞地合上绿色的叶片，就像一位纯洁的小姑娘，合起了她美丽的长睫毛。

小男孩没有听到含羞草的话，他兴奋地叫起来：“妈妈妈妈，太好玩了，含羞草真的害羞啦！”

该为谁而害羞

赏析／陈龙银

含羞草发牢骚了，它历数着人们的种种劣行，心中无比愤恨。含羞草没有把话说完，就害羞地合上了绿色的叶片。它是怕羞了吗？当然是了。不过，它不是为自己而羞，它是为人们的那些可耻行为而害羞！当含羞草在数落这些行为的时候，我们是不是也感到无地自容？是啊，我们是人，难道还不如草木吗？我们应当明白，什么是该做的，什么是不该做的。

一年之计在于春，一日之计在于晨。

春天的早晨

●文/陈晓诚

早晨，太阳公公醒了，他把金闪闪的阳光洒向大地。

大树醒了，轻声叫着小鸟："鸟儿，鸟儿，醒醒吧，太阳公公出来啦！"鸟儿们拍拍翅膀，快快乐乐飞向远方。

五颜六色的小花醒了，她们微微点头，频频招手，在向太阳公公打招呼呢！

亮堂堂的小房子也醒了，当他睁开眼睛时，他的小主人已经来到房前，正在"一二一"做着早操呢！

一日之计在于晨

赏析／陈龙银

人们常说：一年之计在于春，一日之计在于晨。早晨是一天的开始，它是一天中最美好的时光。你看，小树、小花起来了，小鸟们也起来了。我们的小主人当然也不会落后，他已经来到房前做早操了。美好的时光不能白白浪费，有了好的开端，这一天一定过得充实而有意义。

小山村像个可爱的娃娃，熟睡在隐约的大山的怀抱中。

夏夜山村

●文/陈晓诚

夏天的夜晚，明亮的月光洒在小山村，山村的一切都沐浴在月光中，山村变得更加美丽。大山隐隐约约的，山村像娃娃，睡在大山的怀抱里。蝙蝠出来了，它们在为消灭害虫奔忙。猫头鹰静静地守卫在树上，它要为山村灭鼠立功。

月亮笑了，星星眨着眼睛，山村甜蜜地睡着了。

宁静美丽的小山村

赏析／陈龙银

这篇散文给我们展示的是这样一幅图画：繁星点点，月光如轻纱一般笼罩着小山村。小山村像个可爱的娃娃，熟睡在隐约的大山的怀抱中。猫头鹰静立树枝，蝙蝠盘旋空中，它们似乎在为小山村驱赶老鼠和害虫，不让它们打扰睡得如此香甜的小山村。这是一幅多美的画卷！

文章把动、植物拟人化，使夏日池塘似乎有了生命，让人感到格外亲切。

夏天的池塘

●文/龙 吟

一弯池塘，碧波荡漾，水清见底。碧绿的荷叶浮在水面，粉红的荷花露出笑脸。柳条迎风飘动，像在跳着赞美夏天的舞。青蛙在荷叶间跳来跳去，小鱼在水中跳上跳下，小鸭子在荷叶下游来游去，它们好像正在捉迷藏呢！几只自由自在的白鹅在水中嬉戏，让人想起古诗《咏鹅》中的诗句。

多么美丽的夏日池塘！

美丽的夏日池塘

赏析／陈龙银

这篇散文用优美的语言描述了夏日池塘的美景。文中写到了池水、荷叶和荷花以及池边柳树，还写到了池塘里的小动物——青蛙、小鱼和小鸭子。文章把动、植物拟人化，使夏日池塘似乎有了生命，让人感到格外亲切。读了这篇文章，我们的眼前仿佛出现了一幅美丽的画卷。来，让我们把这美丽的夏日池塘画下来吧！

小朋友，在你的眼中，秋天又是怎样的呢？

秋天来了

●文/龙 吟

秋天来了，秋天来了。

兵兵拿起笔，画起美丽的秋天。他画挂满果子的梨树、苹果树，他画一队队大雁向南飞……他还画眯眯笑的太阳公公。可是，他把太阳公公的脸涂得金黄金黄的。

妈妈见了，笑着问："太阳不是通红通红的吗？怎么画成黄色的了？"

兵兵认真地说："秋天来了，小草变黄了，树叶变黄了；稻子熟了，金灿灿的；麦子也熟了，黄澄澄的……是它们把太阳公公的脸映得金闪闪的。"

金色的秋天

赏析／陈龙银

兵兵画了一幅关于秋天的画，可他把太阳公公的脸不是涂成红色，而是涂成金黄色的了。这是为什么？还是兵兵自己作了解释：秋天来了，草和树变黄了，庄稼成熟了，世界都变成金黄色的了。太阳公公的脸是被映得金灿灿的。散文通过一个小朋友解释自己的画，写出了孩子们眼中秋天的特点。小朋友，在你的眼中，秋天又是怎样的呢？

小朋友，你是怎么理解“家”的？

回　家

●文/冯　杰

傍晚，大街上车水马龙。忙了一天的人们都急着回家。

小朋友们也背着书包，高高兴兴地回家。

这时，马路两旁的大树上可热闹了。你听，“叽叽叽，喳喳喳”，是小鸟在唱歌呢！

嘿，原来，傍晚小鸟也回家了。早晨，它们各飞东西，现在又从四面八方飞回来了。它们正你一句，我一句，争着谈一天的见闻呢！

天渐渐地黑了下来，人们都回到了家。

树上的小鸟也停止了歌唱，进入了甜甜的梦乡。

回家，回家，回家，快回到自己温暖的家……

家中最温暖

赏析／陈龙银

傍晚，大人孩子都赶着往家走，连小鸟都回到树上自己的家中。当夜幕降临的时候，人们已经回到家中，而鸟儿们也安静下来，进入梦乡。家是宁静的港湾。当你忙碌了一天回到家中时，心中一定有着说不出的舒适感。家，永远是你感到最温暖、最安全的地方。小朋友，你是怎么理解“家”的？

世界向我们打开了窗口，我们也向世界打开窗口……

窗　口

●文/冯　杰

宽敞的教室有一排排窗口。阳光从窗口里照进来，教室里亮堂堂的。老师微笑着上课，学生在认真地听讲。

温暖的家里有一扇扇窗口。打开窗，清新的空气涌进来，鸟语花香涌进来。站在窗口，目光可以看得很高、很远。

电脑里也有一个个窗口。这些小小的窗口，小朋友们可喜欢了，里面装着快乐，装着智慧，装着精彩。

我们的心里也都有一扇窗口，一扇真诚的窗口，一扇善良的窗口，一扇美好的窗口。

世界向我们打开了窗口，我们也向世界打开窗口……

小窗口，大世界

赏析／陈龙银

世界上有着各种各样不同的窗口——教室里有窗口，每个人家有窗口，电脑里也有一个个窗口。一个窗口就是一个小世界，许许多多窗口便组成了一个大世界。通过一个个小窗口，我们便能了解一个个小世界里的情形。除这些有形的窗口之外，还有一扇无形的窗口，那就是我们的心灵之窗。美好心灵中装着的应该是真、善、美，决不能给假、恶、丑留下空间。

我们可以想像一下，这是一幅多么美丽的图画！

下雪天

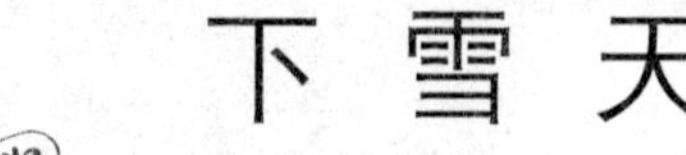

●文/金志强

冬天到了，飘飘悠悠的雪，静悄悄地从天上飘洒下来，大地变成了洁白的世界。

一个穿着大红袄的小姑娘，蹦蹦跳跳地跑到雪地里，她把头抬得高高的，仰着苹果似红红的小脸，张大着嘴，让纤柔的雪花在她的小脸上慢慢地融化，让一朵一朵洁白的雪花飘进她的嘴巴，甜甜的，香香的，凉丝丝的。

远处，卖冰糖葫芦的人，喊出一声声清脆的叫卖声："冰糖——葫芦！酸酸——甜甜！"这声音悠悠地随风飘来，撩拨着你的馋虫。

一串串艳红的冰糖葫芦，插在金黄色的麦秸秆上，在雪地里显得火红火红，像镶嵌在汉白玉上一颗颗红红的宝石。

小姑娘举着红红的冰糖葫芦，在雪白雪白的雪地里奔跑着，迎着飘飘洒洒的雪，好似举着一串红红的鞭炮，好似天上点点闪闪的星星。

"噼——叭！噼——叭！"爆竹声声。

"过年啦！过年啦！"小姑娘举着红红的冰糖葫芦，在雪地里甜甜地喊着。

雪天里，穿着大红袄的小姑娘，还有那甜甜的，令人回味的冰糖葫芦，让你在瞬间便拥有了多彩的色调和梦想……

红、白两色描绘的图画

赏析／陈龙银

雪花飘落，大地一片洁白。就在这洁白的雪地上，一个穿着大红袄的小姑娘，手里举着一串红红的冰糖葫芦，在欢快地奔跑，她边跑边喊："过年啦！过年啦！"我们可以想像一下，这是一幅多么美丽的图画！而这幅画色彩并不多，只有红、白两色，却把孩子们企盼过年的心情和过年的热闹气氛表现得淋漓尽致。

鱼儿们多想念它呀，每天晚上都在等着它掉下来呢。

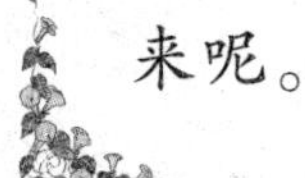

一颗小星星

●文/金志强

夜里，静静的。天空中一颗颗小星星出来了。忽然，一颗很小很小的小星星，在天上调皮地翻了个跟头，"咚！"的一声，掉进了月牙一样的小河里。

小星星在水里，一闪一闪地流出了美妙的音乐。"丁东，丁东，丁东……"河里的小鱼儿游来了，它们都来听小星星弹的音乐。

小星星弹呀弹呀，慢慢地、慢慢地天亮起来了。小星星轻轻地唱着歌，慢慢地从小河里飘起来，飞上了天。

每天晚上，河里的小鱼儿都要抬着头，望着天空，它们在找那颗最小最小的星星，期望着小星星再翻跟头，从天上掉下来，因为小鱼儿们喜欢小星星在水里弹的音乐。

从天而降的快乐

赏析／陈龙银

小星星因为顽皮，从天上掉进月牙一样的小河里，它便在那儿为鱼儿们弹起欢乐的乐曲，唱起动听的歌。可是，天一亮，它就不得不飞上天空。鱼儿们多想念它呀，每天晚上都在等着它掉下来呢。散文写得很美，由一颗流星而生发想像，写出了夜晚小河的美好。拟人化手法的运用，更增添了文章的趣味性，让人产生无限的遐想。

勤劳的人们起得早，勤劳的人们收获多。

追赶太阳

●文/曹延标

太阳哥哥，年轻潇洒，富有朝气。他总是步履匆匆。早上，从东方起步；晚上，在西山落脚。

小鸟追赶太阳，他不停地扇动着翅膀，飞呀飞呀，不知疲倦，一路高歌，向着太阳飞去。

小草追赶太阳，他不停长呀长呀，吐出片片绿叶，让大地铺上绿毯，一直铺向天涯。

小花追赶太阳，她不停地开呀开呀，开出了五彩斑斓，开得空气中充满芬芳。

小朋友们，也在追赶太阳。他们与太阳一起起床，与太阳一起休息。有的小朋友比太阳起得还早。

太阳哥哥看着看着，乐红了脸。他微笑着说："和我赛跑吧。我会让小鸟的翅膀变得更硬，小草小花变得更绿更红更美，我会让小朋友快乐。我会把自己的赤橙黄绿青蓝紫的五彩光辉送给所有的朋友，让他们拥有一个美丽多彩的人生。"

追赶太阳，追出收获

赏析／陈龙银

太阳总是来去匆匆，永远不会停下脚步。时间总是一天天过去，它永远不会休息等待。我们只有不断追赶太阳，不断进取，才会有所收获。如果我们不思进取，任由时间匆匆流逝，到头来将后悔莫及。散文中从小鸟、小草、小花写到小朋友，就是要告诉我们，时不我待，不能浪费时光。勤劳的人们起得早，勤劳的人们收获多。

春天真美好，而我们小朋友的心灵更美好。

春风娃娃

●文/曹延标

春天来了。春风娃娃再也待不住了，到处乱跑。

呼啦啦，他从河面上跑过，悄悄地拿走了水面上的“玻璃”。河水变得暖和了，小鸭高兴地在水里游着，嘎嘎嘎地唱着，不停地闹着。

春风娃娃来到了果园，桃花、杏花乐红了脸，果园变成了一片花海。花香吸引来小蜜蜂，她们忙碌着，采花酿蜜。

春风娃娃来到了田野。小麦苗高兴地跳起了舞蹈，他们给大地妈妈盖上了绿毯。大地妈妈侧着耳朵，好像听到了小麦往上长的声音。

同学们脱去了棉袄，穿上了单衣。在上学的路上，有几个孩子推

着一辆轮椅车，轮椅车上坐着一个残疾孩子，一路笑声不断。春风娃娃高兴地追逐着，奔跑着，来到了他们的中间。

春风娃娃多可爱

赏析／陈龙银

春天来了，春风娃娃到过哪些地方？他到过小河，你看，小河的冰不见了；他到过果园，你看，果树们开出了五彩缤纷的花；他到过田野，你看，小草发芽了，麦苗长高了。春风娃娃多可爱！

春天真美好，而我们小朋友的心灵更美好。你看，他们正推着一个残疾孩子，和他一起玩耍，和他一起享受美好的春光。小朋友和春风娃娃一样可爱！

哪儿最亲？哪儿最美？最亲、最美的当然是故乡。

南飞之前

●文/晨　星

秋风一阵紧似一阵，天气渐渐凉了。屋檐下的燕子一家准备南飞了。

家雀问："燕子大姐，你们全家准备往哪去呀？"

燕子得意地说："我们准备飞向南方去过冬！"

家雀不解地问："这里不是挺好吗，为啥飞那么远呢？"

燕子嘲笑家雀说："我们燕子不像你们胸无大志，我们是有远大理想和抱负的鸟类旅行家，每年要进行一次南来北往、飞越万水千山的长途飞行啊！"

"别胡说八道了，你们这是追求享受，哪里舒适安逸，你们去哪里！"家雀被激怒了，他说，"纵然冬天这里环境再艰苦，气候再恶劣，我们也永远热爱着生我养我的故乡！"

是啊，不管故乡的条件如何，但那毕竟是生养我们的地方。

最亲最美是故乡

赏析／陈龙银

哪儿最亲？哪儿最美？最亲、最美的当然是故乡。故乡是生养我们的地方，那儿有我们的梦想，有我们的根，有我们的情。所以，当燕子嘲笑家雀时，家雀愤怒了。家雀的愤怒正表明他对故乡爱得深沉，爱得真切。对故乡的爱，不因她的贫或富，也不因她的环境好与坏，而应是一份真情。

一个从小连自己门前都不扫的人，将来能把天下扫干净吗？

扫　地

●文/晓　东

小马每天早上第一件事，便是扫地。他春天扫门前的落花，夏天扫门前的尘土，秋天扫门前的落叶，冬天扫门前的积雪。他家门前一年四季干干净净的。

大家都夸小马："这孩子真勤劳！将来肯定有出息！"

小猪是小马的邻居，他每天除了吃饭睡觉，啥也不干。门前一年到头、一天到晚脏兮兮、乱糟糟、臭烘烘的。大家都批评他："这孩子真懒，将来没出息！"

老牛爷爷好心地劝小猪："孩子，你要向小马学习，可不能每天只知吃了睡，睡了吃啊！"

小猪不服气："我有远大理想，将来让世界变得更干净。现在怎能为这些芝麻蒜皮的小事，使学习分心呢？"

"不对！只有先把自家门前扫干净了，世界才会更干净！"老牛爷爷叹了一口气，"唉，一个从小连自己门前都不扫的人，将来能把天下扫干净吗？"

做好小事才能做好大事

赏析／陈龙银

小马很勤快，一年四季总把家门前扫得干干净净。而什么事也不干、只知道吃和睡的小猪却嘲笑他，说小马只会做小事，而他自己有远大抱负，将来做大事。小朋友读到这里，一定会说：其实真正可笑的绝不是小马，而是小猪。——是啊，连小事都做不好的人，能做好大事吗？

伤害别人，最终孤立的将是你自己。

小猴写诗

●文/端　午

小猴爱写诗歌。他为小乌鸦写了一首诗："小小乌鸦，身穿黑褂；叫声哇哇，人见人骂……"

小乌鸦听了，气得"哇哇"叫。

小猴又为小狗写了一首诗："小狗小狗，爱啃骨头；见人撒娇，活像小丑……"

小狗气得朝小猴"汪汪"直叫。

时间长了，朋友们都不愿和小猴玩了。小猴很苦恼，向老牛爷爷诉苦："老牛爷爷，我只不过如实写了几首诗，他们怎么就不和我好了？"

老牛爷爷开导他说："孩子，如果别人老骂你，你还高兴吗？"

小猴好像明白了什么，他又给小乌鸦写了一首诗："小小乌鸦，捉虫回家，喂他老妈，人见人夸……"

接着，小猴又为小狗写了一首诗："小狗小狗，看家好手；见到小偷，咬他一口……"

不久，大家又和小猴一起玩了，小猴高兴地说："谁要伤害了朋友，最终只能孤立自己！"

伤害别人，只会孤立自己

赏析／陈龙银

小猴爱写诗，是好事儿。可他开始写的诗都是说别人的缺点，数落别人的不是。写这样的诗等于在骂别人。我们可以自己想一想：你会喜欢一个骂你的人吗？当然不会。小猴后来又为什么有了很多好朋友？因为他知道了自己的错误，改正了缺点，写的诗也是说别人的长处。大家当然喜欢他了。所以说，伤害别人，最终孤立的将是你自己。

把好朋友一直放在心上，这比送什么礼物都珍贵。真诚的友谊就是最好的礼物。

小熊的礼物

●文/刘丙钧

白白的雪花在风中跳舞，雪地上蹦蹦跳跳跑来一只小狐狸。

小狐狸背着一只大大的竹篓，竹篓里装着一条胖胖的大鱼。

“小狐狸小狐狸，这么冷的天，你去干什么？”小熊从树洞里探出头来问。

“小狗过生日，我要送他一条大鱼，给他一份惊喜。”

“我也想去，可我没有礼物呀。”小熊说。

“没关系，你去小狗就会高兴，因为你带去了一份友谊。”小狐狸说。

真诚的友谊是最好的礼物

赏析／陈龙银

这么冷的天，小狐狸还背着礼物——一条大鱼（要知道，鱼可不是小狗爱吃的哟）去好朋友小狗家，因为这天是小狗的生日呀，他要向好朋友祝贺生日。小熊没有准备礼物能向小狗表示祝贺吗？当然能。你想，天这么冷，还有朋友记住自己的生日，来祝贺自己生日快

乐，这是多么让人激动的事！把好朋友一直放在心上，这比送什么礼物都珍贵。真诚的友谊就是最好的礼物。

一人有困难，大家都来帮助，这是个充满爱的群体，让我们体味到相互关爱带来的温暖。

小狗放风筝

●文/刘丙钧

暖暖的阳光照在小狗身上。

暖暖的风吹在小狗身上。

小狗在绿绿的草地上跑着，高高地举起风筝。风筝在暖暖的风中高高地飘动。

哎呀，风筝被树枝挂住，小狗急得在树下直蹦。

“别急，别急，我来帮你。”小熊跑过来说。小熊伸着胳膊够呀够，够不着。

“别急，别急，我来帮你。”小象跑过来说。小象伸着鼻子够呀够，够不着。

“别急，别急，我来帮你。”小猫跑过来说。小狗看着小猫摇摇头说：“你的个子这么小，怎么够得着？”“我有办法！”说着，小猫爬到树上，解开挂在树枝上的风筝。

飞起来啦，飞起来啦，风筝在天上飘动。

小狗很高兴，小朋友们也很高兴。小狗说：“来，我们一起放风筝。”

帮助别人是快乐的

赏析／陈龙银

小狗的风筝被树挂住了，好朋友小熊、小象都来帮忙，可是都没有够着。小猫也来了。他的个儿虽然小，可他会爬树呀。你看，他很利索地爬上树枝，解开了风筝。风筝飞起来了，大家高兴极了。

一人有困难，大家都来帮助，这是个充满爱的群体，让我们体味到相互关爱带来的温暖。因为有了大家的帮助，风筝又飞上了天，大家可以一块儿放风筝了。帮助别人是多么快乐的事！

关心他人，帮助他人，尤其是在别人最困难、最需要温暖的时候。这才是真正的朋友。

三只风筝飞过来

●文/刘丙钧

小松鼠病了，躺在树上的洞里，不能动，更不能去和朋友们玩儿。

“我们去看看小松鼠。”小猫说。

“不行不行，松鼠家太小，我进不去。”小熊说。

“不行不行，松鼠家太高，我上不去。”小狗说。

那可怎么办？小猫想呀想，小狗想呀想，小熊想呀想，他们想出个好主意。

早上，小松鼠被喜鹊叫醒了，“小松鼠，小松鼠，你快看！”

小松鼠探出头来一看，呀，三只风筝向他飘来。一只小猫风筝，一只小狗风筝，还有一只小熊风筝。

小松鼠往树下看，小猫、小狗和小熊正向他招手呢。

小松鼠心里暖暖的。

朋友间的友爱

赏析／陈龙银

小松鼠病了，只能躲在树洞里，不能出来玩儿。他的好朋友小猫、小狗和小熊可着急了。可是，急也没有用，小松鼠的家又高又小，小狗、小熊上不了树、进不了他的家。怎么办？小猫、小狗和小熊还真有办法，他们用自己的形象做出了风筝，放到小松鼠家门前，让小松鼠知道好朋友们都在惦记着他。你想，当小松鼠看到风筝时，心里是多么温暖！他的病也一定好得更快。

关心他人，帮助他人，尤其是在别人最困难、最需要温暖的时候。这才是真正的朋友。

丁琳为什么怕见公公呢？文章里没有直接说。小朋友，你可以发挥你的想像猜测一下。

含羞草

●文/圣 野

看见了公公，丁琳就别过头去。

丁琳别过头去，公公看见丁琳的一只耳朵。

丁琳不是有很多心里话，想跟公公说吗？

丁琳不是想每天写一封信，跟公公谈谈心吗？

公公看不见丁琳的脸，只看见一只有点儿发红的耳朵。

丁琳是一株怕公公的含羞草吗？

有趣的祖孙俩

赏析／陈龙银

其实丁琳有很多心里话要对公公说，她每天都要写一封信给公公，和公公谈谈心。可是，公公真的来到她面前的时候，她又害羞了，别过头去，公公连她的脸都看不见，只看到一只红红的耳朵——就像一株红红的含羞草。

丁琳为什么怕见公公呢？文章里没有直接说。小朋友，你可以发挥你的想像猜测一下。散文运用比喻的手法，把丁琳害羞的样子写得很生动。这都是作者细致观察的结果。

大地因有春雨姑娘的滋润而变得更加美丽。春雨姑娘是美的使者。

春雨姑娘

●文/杨向红

雷公公在天上敲着鼓，咚咚咚；闪电婆婆在一旁舞着剑，闪闪闪。春雨姑娘跟着就来了。

春雨姑娘滴滴答答的脚步声不断地响着。这时，到处挂满了珍珠，像是一个透明的世界。

春雨姑娘唤醒了冬天沉睡的土地，也唤醒了土地下面的种子，他们吐出了绿色，还开了花。

啊！春雨姑娘把世界打扮得多么美丽！

春雨姑娘是美的使者

赏析／陈龙银

雷鸣电闪之后，春雨姑娘来了。她为大地撒满珍珠；她为大地带来生命，让我们的世界充满生机。大地因有春雨姑娘的滋润而变得更加美丽。春雨姑娘是美的使者。

散文采用拟人化的手法来写，使文章更加生动有趣，让我们仿佛看到了一个可爱的春雨姑娘是如何装扮大地的。

小朋友，你也经常做梦吗？有梦的人是幸福的人，有梦的人生活是多姿多彩的。

梦

●文/李红云

小朋友，你爱做梦吗？

——爱。

你小时候也爱做梦吗？

——何止小时候，我都几十岁了，还天天与梦约会呢。

都有些什么梦呢？

——飞呀，我最爱做飞的梦。

做梦好吗？

——当然好，没有做过梦的人多么可怜。

有梦的人是多么幸福的人。

有梦的人生活是多姿多彩的，没有梦的人生活是单调无味的。

——祝你每天做个好梦！

生活因梦的存在而精彩

赏析／陈龙银

小朋友，你也经常做梦吗？是不是做过许许多多形形色色的梦？——那多有意思！正如文章中说的：有梦的人是幸福的人，有梦的人

生活是多姿多彩的。

不过，这梦可不仅仅指我们夜晚做到的梦，它还包括我们的梦想、幻想或理想。人因为有了梦想，才有了努力的方向和动力。

小朋友，你的梦想是什么？请你说出来吧。

吃苦、困难反而能为我们提供丰富的经历，能让我们的意志更加坚强。

睡吧，小树

●文/李红云

秋天到了，树上的叶子一片一片落下来。

小树很害怕：叶子落光了，不成秃子了吗？那该多丑啊。

小树问身边的大树："婆婆，我们的叶子掉光了怎么办？"

树婆婆身上的叶子也在往下落，但她一点儿都不怕。她说："孩子，叶子是要落光了，可我们的根还在，我们的叶子还会长出来，而且会长得更多、更好。"

小树还是不明白。她说："没有叶子，我们做什么呀，小鸟还会落在我们身上吗？孩子们还来我们身边玩耍吗？"

树婆婆说："没有叶子鸟儿也会来。孩子，别说话，让我们慢慢进入梦乡，让我们在睡梦里与飞舞的雪花相会吧。"

"雪花？"小树太高兴了，她还没有见过雪花呢，"那，我们什么时候醒来？"

“当燕子从南国飞回来的时候。”树婆婆说。

哦，在一阵一阵的秋风里，小树的叶子落光了，她也越来越困了。终于，她睡着了。

在梦里，小树和飞舞的雪花一起舞蹈。

为更蓬勃的生命积蓄力量

赏析／陈龙银

秋天来了，小树很担心，怕因此而失去快乐甚至生命。还是经历丰富的树婆婆告诉了它：叶子虽然要落光，但树的根还在，只要根还存在，叶子就会长出来，而且在春天来临时，会长得更多、更好。小树这才放下心，它甚至在沉睡中还梦到了自己和飞舞的雪花一起舞蹈。

树儿们在冬天停止生长，实际上是在为来年更蓬勃的生命积蓄力量。我们在生活中有时也是如此。吃苦、困难反而能为我们提供丰富的经历，能让我们的意志更加坚强。

在坎坷和挫折面前，我们要学会坚强；只有直面困难，敢于又善于迎战，你才能最终战胜困难，取得成功。

鹰的对话

●文/李红云

风雨凄凄。

一只老鹰伸展开翅膀，缩起脖子，任凭粗大的雨点打落在身上。她的翅膀下面，仅存一小块略干的草，草上卧着瑟瑟发抖的小鹰。

这是鹰妈妈和她幼小的儿子。

“孩子，”鹰妈妈说，“冷吗？”

“冷。”小鹰说。

“冷的时候要怎么样呢？”鹰妈妈问。

“冷的时候要勇敢地坚持住，冷的时候要想天晴时蓝蓝的天空、白白的云朵，要想茂密的森林、广阔的草原……”小鹰想起妈妈平时的教诲，这样回答。

鹰妈妈欣慰地笑了。

“对！儿子，我们鹰的世界里，有数不清的风风雨雨，艰难险阻，每当遇到寒冷、饥饿等等困难的时候，要勇敢地挺住，要坚信风雨过后一切会更好。”

风很大，雨很大，一只老鹰和一只小鹰，在风雨中谈论着。

风雨过后是彩虹

赏析／陈龙银

风很大，雨也很大，鹰妈妈和她的儿子小鹰正在谈论着。她们谈到如何面对困难。小鹰记住了妈妈平时的教诲，知道有了困难应怎样想、怎样做。儿子的话让妈妈感到无比欣慰。他们的对话很有哲理，发人深省。

是啊，何止是鹰的路如此，我们要走的路也是这样。生活中你不可能永远一帆风顺，遭遇风雨是不可避免的。在坎坷和挫折面前，我们要学会坚强；只有直面困难，敢于又善于迎战，你才能最终战胜困难，取得成功。如果一有困难你就退缩，你将一事无成。要相信：风雨过后才会有美丽的彩虹。

光有美丽的外表是不够的，关键要看是否真正有价值，内在美才是最重要的。

竹子和槐树

●文/庄 奇

竹子小姑娘很骄傲，因为她有一副优美的身材。大家都知道，竹子小姑娘长得苗条挺拔，浑身碧绿光滑，亭亭玉立地站在那里，一身四季常绿的漂亮衣服，微风吹来，婆娑起舞，深受大家喜爱。

槐树老爷爷在竹子面前显得很寒碜，他皮肤又黑又粗，长得又矮又壮，枝叶也不漂亮，喜欢他的人不多。

一位老木匠仔细地打量了他俩后，耐人寻味地说："竹子虽高，节节空梢；槐树虽矮，棵棵是料。"

内在美才是最重要的

●文 / 陈龙银

竹子外表确实美，比老槐树不知要美多少倍呢。可在老木匠的眼里，槐树比竹子要有用得多。因为竹子细小，又是空心的；而槐树虽说矮，但棵棵都能派上用场。可见，光有美丽的外表是不够的，关键要看是否真正有价值，内在美才是最重要的。文章虽是写植物的，但对我们很有启发。

就像这三十多年前的风琴声，童年时代唱出的歌声，它们隐隐约约，断断续续，总是撞响在我的心中。

遥远的风琴声

●文/徐 鲁

三十多年前，我正在家乡的村小学里念书。我的记忆里保存着这样一个画面：由一栋古旧的祠堂改成的校舍前，是一块绿茵茵的小操场。春日的小操场上，阳光灿烂。一群淳朴的乡村孩子——我是其中的一个——正紧紧地围坐在一位年轻而美丽的女教师的身边。她在聚精会神地弹着一架老风琴。那嗡嗡颤动的大和弦的旋律，好像从远处的山口涌来的一阵阵和煦的风声。孩子们正跟着女教师学唱一支古老的歌，那整齐的童声传得很远……

这时候，农人们正赶着一群牛羊缓缓地走向村外的山冈，他们听见了从操场上传出的风琴声和合唱声，便不由自主地停下来聆听一会儿。羊群也停在那里，咩咩地叫着……白云缓缓地飘过我们的头顶……

就是这样一幅画面，现在想起来，我忍不住要笑出声来了——这可真有点儿巴比松的情调啊！我还记得，我们当时学唱的那首歌好像就叫《春天之歌》：“啊，春天来了，春天来了，它带着温暖，也含着微笑。……”

这当然要感谢我们的乔姗老师。她是来我们村“插队”的一位知识青年。她留在我的记忆里的形象，的确是和蔼而美丽的。皮肤很白，眼睛大而明亮，体质似乎有点儿瘦弱，但却没有丝毫的病态。冬天里她喜欢围一条大红围巾，春天里则总是系一条白纱巾。她来我们小学教我们唱歌时,我正好读五年级。我们都喜欢跟她上课,尤其是她喜欢在天气晴朗的时候,把我们带到户外那金色的草地上去上课。

她告诉过我们,她的父亲是济南很有名的音乐教师。她从小就跟着父亲学会弹奏各种乐器。可惜的是,我们的村小学里只有这么一架老掉牙的老风琴,要是在阴雨天,那嗡嗡的或吱吱的声音,听起来可真像受了潮的风箱的响声。我到如今也没弄明白,这架老风琴是怎么到了我们村小学的,是什么时候就有的。是买来的吗?是谁捐赠的吗?我后来甚至还猜想过,这说不定是当年日本人从我们家乡撤走时留下来的呢!但就是这么一架老风琴,却是二十年前我们整个学区里的一件了不起的宝贝。邻村的好几所小学里都没有风琴。他们充其量只有一把胡琴。没有风琴,不知道他们的音乐课是怎么上的,大概只有跟着老师“清唱”了。

而我们的音乐课却是有风琴伴奏的。乔姗老师会唱许多歌,能弹出许多首曲子。而且有不少歌曲现在看来显然是不合当时的“时宜”的,属于“四旧”之列的东西,但它们却在我们这所偏远的乡村小学里自由地传唱着。这一方面是出于乔老师的自信、大胆——她好像认定了这些歌是人间最美丽的歌,应该让自己的学生们学一学、唱一唱的;另一方面,可能就是方圆几里范围内,真正有音乐耳朵的人的确不多,他们也许压根儿就分不清哪是该唱的“新歌”,什么又是不该唱的“旧歌”。记得当时学会的歌中,既有《快乐的节日》(“小鸟在前面带路,风啊吹向我们……”)、《让我们荡起双桨》、《听妈妈讲那过去的事情》等五六十年代的创作歌曲,又有像《毕业歌》、《长城谣》、《小号手之歌》、《红星照我去战斗》这样的不同年代的电影插曲。还有一些更老的歌和一些外国歌,则是事隔多少年之后才知道的。

这些歌,有的当时能够理解,有的则是似懂非懂的。好在它们的旋律都很美,它们成了我们这些乡村孩子最早的音乐启蒙。现在想来,它们的感染力委实是了不起的。多少年了,无论在哪里,只要一听到这些熟悉的旋律,我的脑海里立即就会浮现出我们当年的小学校和小操场的模样,浮现出乔姗老师闭着眼睛按着风琴、长久地沉浸在她的和弦之中的形象，还有我的同学伙伴们，一个个认真地张合着嘴巴，一句一句地学唱的样子。是的，当我想起这些的时候，唱歌时的天气、环境和温暖的感受，都聚拢到了我的身边，童年重临于我的心头。

罗曼·罗兰曾经写到过克里斯朵夫在风琴声里对于大自然的感受："……倾听着看不到的管弦乐队的演奏，倾听着昆虫在阳光下激怒地绕着多脂的松树的轮舞时的歌唱，他能辨别纳虫的吹奏铜号声，丸花蜂的大风琴的钟声一样的嗡嗡声，森林的神秘和私语，被微风吹动的树叶的轻微的颤动，青草的温存的簌簌声和摇摆，仿佛是湖面上明亮的波纹一呼一吸的荡漾，仿佛听到轻微的衣服和亲人的脚步的沙沙声……"约翰·克里斯朵夫是具有音乐的耳朵和十分美妙的艺术想像力的艺术家。而我当时虽然不善于歌唱，也缺少那种敏感和丰富的想像力，但也不能否认，那动听的风琴声和整齐的合唱声，也确实为我沉睡和懵懂的心灵打开了一扇扇透亮的窗户。歌声和斜阳，琴声和草地，还有白云、羊群、远山……这一切都增添了我的愁思，濡染着我对世界最初的理解和感受。套用康·帕乌斯托夫斯基的一句话说：对生活，对我们周围一切的诗意的理解，这便是童年时代——尤其是这二十年前的风琴声，所给予我的"最伟大的馈赠"。而且所幸的是，经过了这么长的岁月的颠簸和淘洗，我不但没有失去这个馈赠，相反，倒越来越觉得它们的伟大与珍贵了。或许，正是它们，教会了我如何去认识人生和热爱生活。

但也不是没有遗憾的。当年乔姗老师不仅教我们唱会了许多美丽的歌，而且还手把手地开始教我们按风琴了。我还记得，每当要上音乐课了，我们都会争先恐后地跑到学校那惟一一间教师办公室里，把那架可爱的老风琴轻轻地抬到我们的教室里或草地上。六七个人抬着它，小心翼翼地就像抬着一位娇贵的新媳妇一样。乔老师从最基本的脚踏、手按的动作教起，我们每个人学得都极其认真。虽然我那时总是把"哆、来、咪"念成阿拉伯数字"1、2、3……"，但毕竟是已经开始了第一种乐器的学习。如果就此认真地学习和发展下去，到我青年或成年之后，说不定已经具备相当的音乐修养和演奏技能了呢！可惜

的是，我们仅仅跟着乔老师学了一个学期的风琴，便到了小学毕业的时刻。乔老师也没能听见我们这些做学生的亲手按出略成曲调的风琴声，倒是先听到了我们齐声合唱的忧伤的“骊歌”。

从此以后，我在音乐上便如过早地断了奶一般，再也没有得到更好的学习机会，以至于到今天，在音乐素养上，真正成了先天不足，原原本本地还停留在乡村小学五年级的水平上。这是令人唏嘘不已而又无可奈何的事。倘若今天乔姗老师在远方有知，我想这也许是最让她失望和感到痛心的吧。

记得小学毕业前夕，整个学区还曾组织过一次规模较大的歌咏比赛。我作为学校的合唱队员之一参加了这次比赛，而且站在最前面的一排。我们个个都穿着清一色的学生蓝裤子，上衣是雪白的衬衫，系着鲜艳的红领巾。乔老师在一侧按着风琴，我们跟着琴声张着小嘴巴使劲地唱着，那认真的样子，可想而知了。记得当时还照了相的，作为纪念，我们参加了合唱队的同学每人都得到了一张纪念照。这张黑白的大照片我曾一直保存在身边，一直到一九八二年。但令人痛心的是，那年秋天我大学毕业回家的途中，丢失了一纸箱书籍，里面就夹着这张照片。另外还有一套人民文学出版社一九七八年版的十一卷本的《莎士比亚全集》。这套书当时很便宜，十一卷，也就十几元钱，淡绿色的封面，至今还存留在我的脑海里。这套书和这张照片的失去，至今想起来仍然让我惋惜和心疼。

“遥遥天涯边，芳草知几株。不见春风至，秋雨又满湖。”是的，岁月悠悠，逝川滔滔，该丢失的，终归是要失去，任你怎么收集和保存，也是白搭；而值得留存下来的，即使你自己不经意，无言的时间多少总会为你留存下来一点点的。就像这三十多年前的风琴声，童年时代唱出的歌声，它们隐隐约约，断断续续，总是撞响在我的心中。风，吹不散它；岁月的巨剪，也剪不断它。

吹不散、剪不断的风琴声

赏析／陈龙银

在这篇文章中，作者深情地回忆起童年时代的一架风琴，但写风琴的目的还是写自己喜爱的音乐老师——乔老师。文中写到了乔老师是如何弹琴、教唱歌的，写到老师对自己的影响。在叙述中抒发感情，让我们也仿佛听到了那悠扬的风琴声，那风吹不散、巨剪剪不断的风琴声。

这位世界画坛上的“奥林匹斯山的巨神”，透过这小小的红虾，抒发了他那深沉的慈爱之情和崇高、善良的艺术家的良心。

红　虾

●文/徐　鲁

一八八六年十二月，一个最寒冷的黄昏，贫穷的凡·高因为付不出房租，被迫冒着刺骨的风雪来到一家廉价的小画铺的门前，几乎是央求着老板开了门，希望能收购下他的一幅刚刚完成的静物画。

是的，这个年轻的、还未成名的画家，他太贫穷了。他一个人流落在异乡，身边既无亲人也无朋友。虽然他每天都要从事十四至十六小时的绘画工作，但他的画却一张也卖不出去。他因此而受尽了人世的歧视与冷遇。他在寒冷的深夜里紧紧地裹着一条旧毛毯，给远方最亲爱的兄弟提奥写信说道：

“……我是多么希望能有个小小的、安定的栖身之所啊！实际上，这是我绘画惟一的必备条件。如果能有一份足以使我能在画室里不受任何困扰地画一辈子画的工资而工作，我就觉得自己很幸福了。”

但实际上呢，他连这么一点小小的希求都达不到。他在另一封信上诉说道：

“这几天我过得很不愉快。星期四我的钱已花光了，几天里我靠二十三杯咖啡加一点点面包为生，面包钱还是欠人家的。今晚下肚的只是一块面包皮了……然而创作却深深地吸引着我，我像苦力一样画着我的油画……”

生活是这样的不公平，青年画家又是如此的贫困无助！他知道，这一个冬天，如果再卖不出一张画去，那么，他只有被赶出旅店而露宿在风雪街头了。

还算幸运，小画铺的老板勉强购下了他的那幅静物画，给了他五个法郎。对于凡·高来说，这算是最大的恩宠了。他紧紧地攥着这五个法郎，赶忙离开了小画铺。

可是，就在这风雪交加的归途上，他忽然看见一个衣衫褴褛的小女孩，刚从圣拉萨教堂里走出来。小女孩很美丽，但从她那一双可怜的孤苦无助的眼睛里，青年画家一下子就看出来了，她也正处在饥寒交迫之中。

“可怜的孩子！”凡·高用忧郁的目光注视着这个正在有所哀求的女孩，喃喃地说道，“没有错，当风雪降临到世界的时候，所有的穷人都是困苦的。富人是不会懂得这些事的。”

这样想着的时候，青年画家完全忘记了房东此时正守在他的住处，等着他回去交房租呢！他几乎是毫不犹豫地把自己刚刚拿到手的五个法郎，全部送给了这个素不相识的、非常可怜的小女孩。他甚至还觉得自己所给予这个小女孩的帮助太少，太无济于事了。于是，便满脸惭愧地、逃也似的离开了小女孩，消失在巴黎冬天的凛冽的风雪

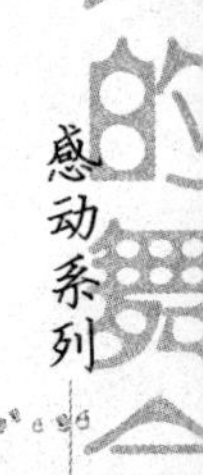

之中……

仅仅过了四年，文森特·凡·高，这位尝尽了世间的饥饿炎凉和人生的孤独贫困的艺术家，便在苦难中凄惨地辞别了人世。这个可怜的、天才的画家，他仅仅活了三十七岁。

凡·高生前的绘画成就始终没有得到世人的承认，但他死后，他所留下的作品却成了我们整个世界的仰之弥高、光彩夺目的珍品。有谁能想到，他在辞世前一年画的那幅当时无一人问津的《鸢尾花》，在他死后还不到一百年，其售价竟高达五千四百万美元！

更没有人会想到，一八八六年冬天的那个黄昏，他那幅仅仅卖了五个法郎的静物画，若干年后，在巴黎的一家拍卖行的第九号画廊里，有人出价数千法郎购下了它！在这幅小小的静物画上，画的是几只诱人的红虾……

多么美丽的红虾啊！这位世界画坛上的“奥林匹斯山的巨神”，透过这小小的红虾，抒发了他那深沉的慈爱之情和崇高、善良的艺术家的良心。

有爱心的、善良的画家

赏析／陈龙银

凡·高无疑是世界上最著名的画家之一。可他生前却默默无闻，画作卖不出去，生活窘困。有一天，他好不容易以五法郎的价码卖掉一幅画，却在回来的路上碰见一个衣衫褴褛的小女孩，便毫不犹豫地将五法郎送给了她。自己仅靠一点咖啡、面包维持生命，却能无私地帮助别人，我们的艺术家有着一颗多么善良的心！也许正是有着这样的爱心，画家才会画出那样的传世作品来。散文以典型事例来反映人物的品质，让人读后铭记难忘。

我想，当她长大后，当她遇到困难或挫折，当她对自己缺乏信心时，这张照片会告诉她点什么。

爬 山

●文/刘丙钧

慧慧六岁了，六岁的世界已经很大很大了。

当她合上我的书，一本正经地教我“小熊和布娃娃跳舞”时（当然，我是那只笨乎乎的小熊），当她猴在我身上，缠磨着要我再讲一个慧慧的故事时（我常常把她写进童话里），我总是欣然从命，妻子常说我太惯孩子了。

也许我是有点儿惯孩子，但我也不含糊，那就是绝不使她有所依赖。

我带她去爬山。汽车在柏油马路上奔驰，慧慧的问题缠绕了我一路。我告诉她，她还没有见过山，北海、景山的山不能叫做山，真正的山不住在城里。

慧慧背着她的小水壶拾阶而上，一次又一次甩开我的手，她要自己爬上去。

行至半山腰的塔下，游人多在此止步了，我也不想走了，再往上也没有什么好去处。慧慧望着蜿蜒而上的小路，兴致勃勃还要往上爬。我对她讲，上可以，但你不能让抱。你爬不动了，咱们就往回去。

我看得出，慧慧有点累了，但她不说累，她知道，在床上戏耍时，她可以让我当马，并指挥我爬来爬去，但在这山路上，我是不会迁就她的。

说来很难相信，从未出过远门，更没走过远路的慧慧自己爬上了山顶。

我在一座残破的石碑下给她拍了一张照片。我想，当她长大后，当她遇到困难或挫折，当她对自己缺乏信心时，这张照片会告诉她点什么，而她，一定会理解我的期许和祝愿，慧慧会长大的。

慧慧已经长大了

赏析／陈龙银

爸爸很娇惯慧慧，可到爬山的时候却绝不使她有所依赖——让她自己爬。慧慧也不会让爸爸失望，她不但没让爸爸抱，反而在爸爸有些退却的时候自己主动要求爬上山顶。她终于达到了目的！散文叙述了一次登山的经历，表达了“我”对慧慧勇于挑战自我这种精神的赞赏，也表达了“我”对女儿的期许和祝愿，希望她快快长大。

常说“君子之交淡如水”，想来，我与什刹海，该是淡如君子之交吧。

君子之交什刹海

●文/刘丙钧

见到江湖，见到大海，是成年以后的事了。

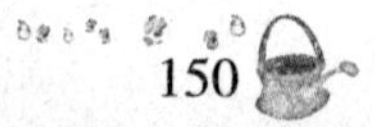

对于水的感悟和体味，除却随来即去的雨，惟一温润童年的记忆和记忆中的童年的，就是什刹海啦。

生于冀中平原的乡村，家乡虽不至是水贵如油，但无江无湖，连座小塘连条小溪也没有。没有水浸泡的童年，自然是缺少点波澜和色彩。

来京上学，家和学校都离什刹海很近。自是常从什刹海边来来去去，如同平淡的生活。关于什刹海，也无甚值得咀嚼和回味的。只记得夏天，打着伞或者忘记带伞，在或大或小的雨中，上学或者回家，不经意间，扫一眼雨雾濛濛的水面，目光穿不透雨雾，对岸的房和树，影影绰绰的，较平日多了几分神秘，心中不由涌出种莫名的感觉。

秋天，踏着落叶沿岸而行，随意拾起片落叶，将叶片撕掉，用叶柄和同伴相互勾扯作戏（好像叫做“勾纲”吧），被人拉断叶柄时的小小沮丧和将别人的叶柄拉断时的小小得意，在风中飘起，又被风吹散。

冬季的雪天，对于和同伴们打雪仗并不那么上劲儿，常常在同伴的嬉闹中张开手掌，让雪花落进掌中，静静地看着它静静地融化。

说来，春天最是引人感触良多的季节。奇怪的是，记忆中却没留下什么关于这个季节的印象。

或许因为世世生息在冀中平原无江无湖的乡村，骨子里缺少与水亲近的基因。母亲对点滴之水的珍惜和对大片成势的水的畏惧（似乎叫做敬畏更妥一些）也遗传给自己。尽管她对我们兄弟一向和颜相对，绝少大声，但是，她坚决不许我们下水游戏。

水对孩子的吸引和诱惑是难以抗拒的。有几次在同伴的鼓励下，下水后做贼似的回家，尽管百般遮掩，还是被母亲发现，数落几句，到不在乎；敲打几下，也可忍受。但母亲最具杀伤力的武器是独自生气，默默落泪。缘于母亲无威之威，不严之严的训诫，终是没有学会游泳，至今成为遗憾。

升学、工作、搬家，离什刹海远了，每日匆匆，忙于生计。二三十年啦，似乎从未认认真真地亲近一回，只是乘车经过时，自然而然地多瞥上几眼。

不同于在水里讨生计的渔人，水是生活甚至生命的组成，亦不曾与水有过生生死死的纠缠；不曾有过难以忘怀或者难以释怀的悲悲喜喜的经历。常说“君子之交淡如水”，想来，我与什刹海，该是淡如君子之交吧。

瞬间，有意萌生，去什刹海看看、走走，一定是在白天，避开附着于她的喧闹和嘈杂。最好是在雨天或者雪天，人少车稀的时候。独自一人，静静地与什刹海相对相视，静静地走回童年。

淡淡的美

赏析／陈龙银

文章一开始说“我”对水的感悟和体味最深的就算什刹海了，接着写了自己对一年四季中的什刹海的印象，以及自己离水这么近却没有学会游泳的原因、自己与什刹海的“君子之交”，最后写对什刹海、对童年的怀念。文章整篇突出个“淡”字——淡淡的记忆、淡淡的情思，流露着淡淡的美。作者在追忆童年中，表达了自己对童年的眷恋之情。

爱大自然，就会爱一切。

鸟 树

●文/金 本

尤玲怎么也没想到，已经到了春暖花开的季节，校园里所有的小树都长出了嫩绿的叶片，而她最最喜爱的那棵小杨树却依然光秃秃的，枝头上连一点儿绿意也没有。

哦，小杨树大概还沉浸在甜美的梦乡里吧？今冬是个暖冬，暖冬里的梦境一定格外温馨。对，暂时不要吵醒它，不要打扰它的美梦吧。尤玲这样想。

又等了一个星期，尤玲简直不敢相信自己的眼睛了。所有的小树的叶片都长成了绿色的小手掌，迎着轻轻的春风快乐地鼓掌了，而她的那棵小杨树却模样依旧，甚至反倒增添了几分憔悴。尤玲的心里十分不安。如果照这样下去，一个生机盎然的春天就要过去了，生机盎然的春天里没有发芽，对于小杨树来说，是件多么令人着急的事情！

小树们小手掌快乐的掌声，招呼来了许多的小鸟。小鸟们飞落在绿色的枝头上，跳跃在叶片间，它们情不自禁地唱起了动听的歌儿：嘀哩，嘀哩……丁零，丁零……啊，充满快乐的夏天就要到了！充满快乐的夏天里还不发芽，对于小杨树来说，那就是痛苦的事情了。

嘀哩，嘀哩……丁零，丁零……小鸟们的歌唱使小树们完全沉浸在快乐的世界里了。而这悦耳的歌声，却没有一个音符属于小杨树。尤玲的心颤抖了。

没有小鸟的小杨树，是孤独的小树；没有歌声的小杨树，是寂寞的小树。孤独、寂寞的生活怎么应该属于小杨树呢！

要让小杨树快乐起来!一定要让小杨树快乐起来!尤玲在心里暗暗地说。

一番聚精会神的思索之后,是一番专心致志的行动。而这一切,仅仅发生在周末的休息日里。

周一的清晨,一幅意想不到的景象让全校的小伙伴惊呆了。

那棵没有发芽的小杨树上,挂满了绿色的小鸟。小鸟用纸片剪成,细细的绿线将它们挂遍每一个枝头。太阳出来了,它们身上撒满了金光。清风吹来,它们一齐舞蹈起来。好生动的景象啊!

无数的小鸟飞来了,婉转的歌儿唱起来了。小杨树上的纸鸟们也唱起来了。嘀哩,嘀哩……丁零,丁零……嘀哩,嘀哩……丁零,丁零……

小杨树也有小鸟了!小杨树也有歌声了!

尤玲欢呼起来,小伙伴们也欢呼起来。他们的身姿也变成了小鸟,他们的欢呼声也变成了歌声!

歌声中,尤玲发现,小杨树的根部偶然间长出了一颗绿芽,绿芽正在抽成新枝!

哦,到明年春天,小杨树定然会长成一棵新的小杨树了——一棵又有小鸟又有歌声的小杨树了!

尤玲心里兴奋地想着……

爱能感化一切

赏析/陈龙银

尤玲盼望着小杨树长出绿叶,可是春天过去了,夏天来到了,小杨树最终并没有长出绿叶来。看着别的小树洋溢着绿意,鸟儿们在树间欢唱,尤玲很难过。她也要让小杨树长出绿色,引来小鸟,找到快乐。她到底还是想出了好办法——用纸片剪出许多绿色的小鸟,挂到树上。小杨树真的充满绿意!而且小杨树的根部偶然间真的长出了一颗绿芽——这是爱感化的吗？从这一点，我们可以看出尤玲的爱心。爱大自然，就会爱一切。

小花在那么恶劣的环境下，还能开得那么明艳，多么不易！它那种在困难面前不低头的精神多么可贵！

石缝里的小花

●文/金 本

星期天，妈妈带我到山顶公园去玩。

走在山崖旁边，我发现灰黄色的岩石上，闪着一颗耀眼的红点。是什么东西这样耀眼？走近一看，哦，原来是一朵盛开的小花！

这朵小花真红。我敢说，它比花园里任何一朵红花都红。它好像把世界上所有的红颜色都吸引到了自己身上似的，红得那么明亮，红得那么鲜艳。

这朵小花真香。我敢说，它比花园里任何一朵小花都香。它好像把世界上所有的花香都吸引到了自己身上似的，香得那么清新，香得那么甜润。

可是，这朵小花却只生长在一条几乎看不见的小石缝里。一根细细的、但却强壮的茎从石缝里钻出来，举起这朵小花。

这真是一朵了不起的小花！于是，一连串的问题，引起了我与妈妈的对话。

“这小花也生长在土里吗？”我问。

“是的。但它得到的土少得可怜，只有风儿带进石缝里的那一点点。”妈妈回答。

“这小花也能喝到雨水吗？”

“是的。但它喝到的雨水少得可怜，只有雨滴流进石缝里的那一点点。”

“没有土，没有水，小花为什么还能开得这样好呢？”我又问。

这回，妈妈没有回答，却说：

“你去问问小花自己吧！”

我恭恭敬敬地走到小花的面前，又恭恭敬敬地问了我的问题。

小花张开笑脸，回答了我：

“是花就要开放，不管它多么困难。不然，还怎么能叫花呢？”

我听后，想了好半天才明白过来。

“小花，你说得对呀！”我又转过头向着妈妈严肃地说了一句：

“妈妈，我也要做一朵石缝里的小花！”

困难面前不低头

赏析／陈龙银

散文写了两部分内容：前部分写“我”发现山崖的石缝间有朵小红花，“我”认为它是世界上最红、最香的花；后部分写“我”和妈妈、和小红花的对话，实际上是写“我”的感悟、“我”想到的花的精神。前者是因，后者是果。小花在那么恶劣的环境下，还能开得那么明艳，多么不易！它那种在困难面前不低头的精神多么可贵！作者说“我也要做一朵石缝里的小花”，就是想自己也应有这种精神。

三十年过去了，我的启蒙老师一直没有下落，我在深深地怀念着。

于老师教我写作文

●文/王宜振

上小学三年级的时候，我很怕上作文课。老师把题目写在黑板上，我就望着作文题，噙着笔杆发愣。常常是两堂课，只写几十个字，还干巴巴的。

后来，来了一位于老师。于老师教我们写作文，常常给我们讲一些有趣的故事。当时，我们都很喜欢听。可是光听不行，还要把故事写下来。老师说：这就是作文。有一次，于老师给我们出了一个题目，叫"春天来了"。他没有急于让我们动笔去写，而是带我们到郊外去春游，去寻找春天的足迹。他指着一棵小树，对我们说："你们瞧，春天在那里呢！"我们高兴地跳起来："找到了，找到了！春天是一片片绿叶，像一只只绿色的眼睛，在小树上结着呢！"老师又指着一朵小花，对我们说："你们瞧，春天在那里呢！"我们拍着小手直嚷："找到了，找到了！春天是一朵朵花苞，像一顶顶小花帽儿，在小花的头上戴着呢！"接着，他又领我们来到小河边，指着哗哗解冻的小河，对我们说："你们瞧，春天在那里呢！"我们快乐地直喊："找到了，找到了！春天是一架架钢琴，弹着很美很美的曲子，在小溪流怀里抱着呢！"接着，他又领我们来到一个宽阔的草坪上，那里有附近学校的一群孩子在放风筝，他指着高高飞起的风筝，说："你们瞧，春天在那里呢！"我们踮着脚跳着："找到了，找到了！春天像一只只小羊，在孩子们手里牵着。他们在蓝天上放牧，放牧风筝，也放牧春天呢！”回来以后，老师让我们把找春天的过程写下来。这时，我再也不感到没啥可写了，而是提起笔来，像有好多写不完的东西。这回，我写的作文第一次受到了表扬。

后来，老师让我们写一篇《养兔》的作文，我由于没有养过兔子，就瞎编了一通，交上去了。老师把我叫到房子里，当面给我批改，指出了许多观察不够细致的地方，甚至有些细节闹出了笑话。为了帮助我写好这篇作文，老师亲自领我去养兔场，一起观察兔子的生活习性，还抓起一只只兔子，教我辨认公母。回去后，我针对老师的意见，认真修改了作文。修改后的作文，又一次受到老师的表扬。

于老师就这样手把手地教我写作文。他常常教我们留心观察周围的事物，要求我们每天写一篇观察日记，不断积累写作文的材料。他说：“写作文好像盖一座大楼，素材就是钢筋、水泥、木料和砖瓦，盖大楼离了这些是不行的。”只有积累了大量的材料，又经过认真的选择，写出的文章才能有真情实感。他说：“有真情实感的文章才是好文章，才能打动读者的心，使读者受到鼓舞，得到启迪。”

后来，于老师调走了，调到另一所学校去了。从那以后，我再也没有见过于老师。三十年过去了，我的启蒙老师一直没有下落，我在深深地怀念着。如果我的启蒙老师知道，当年一提起作文就头痛的小学生，现在成了一个作家，说不定他会有多高兴呢！

好文章是这么来的

赏析／陈龙银

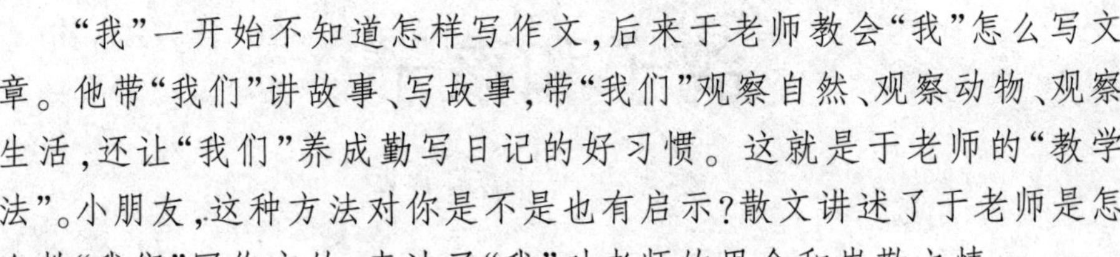

“我”一开始不知道怎样写作文，后来于老师教会“我”怎么写文章。他带“我们”讲故事、写故事，带“我们”观察自然、观察动物、观察生活，还让“我们”养成勤写日记的好习惯。这就是于老师的“教学法”。小朋友，这种方法对你是不是也有启示？散文讲述了于老师是怎么教“我们”写作文的，表达了“我”对老师的思念和崇敬之情。

小朋友们爱鸽子，鸽子同样非常喜欢小朋友们。鸽子和孩子们一样，都是爱的使者。

鸽子和孩子

——访日散记

●文/吴珹珹

那天，万里无云，深蓝色的天空像大海一样。九月的大阪，午后还很炎热。日中友协的朋友们，请我们去参观古城。我还没有走进博物馆，就被广场上的鸽子们吸引住了。

那鸽子，少说也有几百只，密密麻麻，落满了广场。真怪，哪来这么多鸽子！

它们是从广岛红色的阳台上飞来的吗？

它们是从长崎绿色的草地上飞来的吗？

它们是从富士山下的樱花树上飞来的吗？

它们是从北海道的牧场上飞来的吗？

它们究竟是从哪里飞来的呢，还是专门有人家饲养的呢？

日中友协的朋友告诉我："它们是大自然的天使，不是家鸽。"

虽然没有人专门饲养，但它们到处为家。看！在这广场上，它们像在毕加索画册上一样安然自在，无忧无虑的戏耍。

和鸽子最亲昵的是天真烂漫的孩子们。他们手里捧着米粒，拿着面包渣之类的食物，在招引这些大自然的天使，不希望有任何东西、任何声音来惊扰它们。

鸽子们似乎也懂得人情，它们无拘无束地落在孩子们的手里、肩

上。“咕咕咕！咕咕咕！”是不是在向孩子们讲述没有原子弹、没有眼泪的童话？

吃饱了，玩够了，它们就飞走了。只要有一只鸽子飞起来，紧跟着就是一群，一会儿整个广场上的鸽子，仿佛有统一指挥似的，全飞起来了，像和平交响乐中的音符，飞翔在灿烂的阳光下。

飞呀，飞呀，它们在天空中绕了几圈，然后又回到广场上来……

于是，孩子们又笑了。那些美好的心窝，不就是鸽子们温暖的家吗？

爱的使者

赏析／陈龙银

散文写的是“我”在日本大阪广场上看到鸽子的情形。那里的鸽子很多，从四面八方飞来。孩子们和鸽子最亲昵，鸽子和孩子们最友好。小朋友们爱鸽子，鸽子同样非常喜欢小朋友们。鸽子和孩子们一样，都是爱的使者。散文重点写了鸽子和孩子，反映的是关于爱的主题。

这是一篇回忆童年趣事的散文，散文寄托了作者对童年的美好回忆。

放“野火”

●文/王伯方

小时候，大约二十世纪五十年代初吧，家乡农村流行放“野火”的习俗。

每年正月十五晚上，村民们点燃用干稻草扎成的火把，到田野里奔跑。他们边跑边挥动手中的火把，嘴里不停地喊着：“野火高，野火旺(当地习惯念成 yáng)，我家生活比火旺；野火旺，野火高，我家田里产量高！”人们跑了一圈又一圈，当手中的火把快燃烧尽时，便猛地把它抛向高空。火球在空中划出一条抛物状的弧线，煞是好看。

显然，这种民间习俗，寄托了村民们对新的一年的美好希望，向往着有个五谷丰登的好收成！

对我们小孩子来说，放“野火”是一项十分开心的活动。每当正月十五夜幕降临时，我们各家的小孩子，就迫不及待地做起放“野火”的准备工作了。最重要的准备就是挑选好干燥、耐烧的稻草。选好稻草后，就把它们扎成细长条的火把，也有的把稻草捆扎在木棍、竹竿上。每人都要准备好两三个火把。然后，小伙伴们便相邀集结同行，而且往往要进行攀比，看谁扎的火把烧得旺，烧的时间久。所以，我们在做准备工作的时候，都很认真，谁也不愿被比输。

听老人们说，以往，人们都到自己家的田里去放“野火”。后来，合作化了，各家的粮田都合在一起了，就分不清那是谁家的田，往往选择到比较空旷的田里去放，这样可以确保安全。

好像已成了一条不成文的规定，当大人们举着火把奔向田野时，我们全村的小孩们都会紧跟而上。我们小囡队的欢呼声、叫喊声，远远比大人们的响亮。此时，我们都兴奋无比，忘记了一切烦恼，随着放起的“野火”，也放飞了我们的心情。我们会不停地“喔喔”叫着，把手中的火把舞出各种花样，整个场面十分壮观，尤其是当大家将火把抛向空中时，我们的激动劲呀，真不亚于如今看焰火！

当然，也有乐极生悲的时候。

有一年，我在放“野火”的时候，一不小心将仅穿了十多天的新棉袄烧了个洞。那时呀，我的心里难受极啦。小伙伴们见状，都千方百计安慰我：“新年穿新衣，穿过新年变旧衣，今晚一过呀，新年就结束了(当地乡俗，一般认为从大年初一到正月十五，新年就过去了)，所以呀，你的新衣本来已是旧衣啦！旧衣被烧了个洞，明年不就又好换新衣啦！”说着，大家又都高兴地抛起火把，齐声大喊起来：“野火旺，野火高，明年大家再穿新棉袄！”看着同伴们的疯狂劲，我忍不住“扑哧”笑了起来，又高高兴兴地加入了放“野火”的行列。

快乐的节日

赏析／陈龙银

这是一篇回忆童年趣事的散文，写的是家乡放“野火”的事：什么是放“野火”？它有什么含义？怎么做准备？怎么放？放“野火”给“我们”带来哪些快乐？文章很有条理，我们读后对这一民间习俗便有了清晰的了解。散文寄托了作者对童年的美好回忆。

散文讲述了鸟儿和大树的故事，却体现出大自然的和谐和美好，也表达了作者对自然的热爱。

树叶儿鸟

●文/贾林芳

高高的山冈上，生长着一棵挺拔的大树。树上住着一只快乐的小鸟。

大概就是今年春天吧，小鸟儿和大树认识的，并把家安在了这里。大树、鸟儿很快成为好朋友。快乐的小鸟每天飞出去，就会带回来一大箩筐好玩又有趣的新闻，叽叽喳喳地讲给大树听，逗得大树笑呵呵，时不时拍着满树的巴掌，像个小孩似的嚷嚷着："好玩，好玩！"

小鸟说："大树，我每天唠唠叨叨说个没完，你不烦吧？"

大树笑笑说："啊呀，我爱听着呢。你的演讲带给我的快乐数也数不清。嘿嘿，我爱打呼噜，爱拍巴掌，还爱嚷嚷，你嫌不嫌我吵呀？"

"不吵，不吵！听不见我还睡不着觉呢。"

大树笑起来，大膀子哗哗啦啦直抖动。

时间很快过去了。

这一天，小鸟很晚还没有回家。大树盼呀盼，就是不见小鸟的影子。他想：是她忘了回家的路呢，还是出了什么事情啊？

大树伸长脖子望着远方，一遍又一遍呼唤小鸟的名字。太阳升起又落下，日子一天天过去了，小鸟还是没回家。

一、二、三、四、五、六、七、八……大树扳着指头数，二十多天又过去了，小鸟还是没有回来。大树想念她，叶子一点点变黄了。

树杈上鸟窝里有一片小鸟的羽毛。大树看着它，每天都想念和小鸟在一起的快乐日子。秋天到了，他想：不能再等了，我要去寻找小鸟。可是，上哪儿去找呢？他自己也不知道。他轻轻地托起小鸟的羽毛，用每一片叶子亲吻它：我要让每一片叶子都变成小鸟。

刚说完，奇迹出现了，树上的每一片叶子，扑棱起翅膀来。呼啦啦！所有的叶子像小鸟一样展开翅膀飞向远方。

高高的山冈上，只剩下一颗光秃秃的树干了。

几个月过去了，树叶儿鸟终于在大海边的岩石洞里，找到了小鸟。原来，她在照顾几只受伤的鸟宝宝呢。

第二年春天，一大群树叶儿鸟带着美丽的小鸟，又飞回到高高的山冈上。

大树和鸟儿

赏析／陈龙银

大树和鸟儿成了形影不离的好朋友。你看，鸟儿把家安在了树杈上，它每天都为大树讲有趣的事；大树总是高兴地拍着巴掌。可是，有一天，鸟儿突然不见了，而且很长时间都没回来。这可急坏了大树。它将所有的叶儿都变成树叶鸟飞出去找鸟儿，最终找到了它。鸟儿又回来了。散文讲述了鸟儿和大树的故事，却体现出大自然的和谐和美好，也表达了作者对自然的热爱。

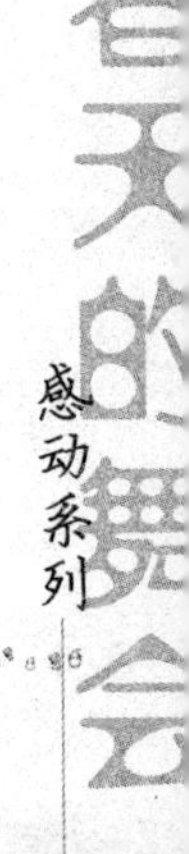

动物是我们人类的朋友，它们同样需要我们的关爱。有了爱，世界才会更美好。

路遇大蚯蚓

●文/杨福久

一大早儿，大马路清清的静静的，偶尔才有人有车走来走去开来开去。我拎着刚从市场上买的菜走在回家的大马路上，一会儿抬头看看路边的树，一会儿低头瞅瞅路面。边走边想着今天休息写点什么。

忽然，路面上一个东西在蠕动着。我紧走几步，到了它的跟前。“啊——是条大大的蚯蚓！”我头一次看见这么大蚯蚓，有八九寸长，直径足有半厘米多，暗红暗红的，在大马路上不停地爬着爬着。

“大蚯蚓，你到哪里去啊？”我觉得奇怪，大蚯蚓为什么离开它地下的老家，爬到大马路上啊？大蚯蚓没有回答我，仍然旁若无人似的往前爬啊爬，不停地爬着。

“我们再见！”我觉得大蚯蚓一定有它自己的目的地，那就不打扰它了。

我有我的目的地，往家走。告别大蚯蚓，走了几步，忽觉得不对啦——大蚯蚓若是遇见抓它钓鱼的人不就活不了了吗？头几天一大早就看见钓鱼的人在路上找蚯蚓呢！原来蚯蚓因为夏天多雨地下过于潮湿才爬到地上的啊。还有啊，大蚯蚓在马路上是爬不回地下了，若是被人踩了被车轧了不也活不了了吗？

于是，我急忙转过身，急忙往回走。大蚯蚓还在爬，等我站到了它的跟前，它竟停了下来！“大蚯蚓啊，你不要在大马路上爬啦！因为这

上面危险啊。”我一边和它说话，一边到马路牙子上拣来一根细细的树条，小心翼翼地去挑它。它好像知道了什么，像个听话的孩子，一动不动地让我挑了起来，走了八九步远就是绿绿的草坪了，我弯下腰，轻轻地把它放在那里。“这回，你爬吧！”绿草下面就是黑黑的土壤，那里才是大蚯蚓的家呢。大蚯蚓在土上停了一下，才慢慢地往土里爬去。

“再见，大蚯蚓！”我走到大马路上，一溜娶亲的小汽车从刚才大蚯蚓爬的地方开了过来。我看看车上红红的气球，望望绿绿的草坪，长长地出了一口气……

爱的举动

赏析／陈龙银

散文写了这样一件事：“我”在回家的路上遇见一只大蚯蚓，从它身边走过后，“我”又转身回来，因为“我”担心它回不了自己的家——土地，怕它被人抓走或被车所伤。“我”最后将它送进草坪中，才放下心。散文所写的只是件再小不过的事，但却体现了“我”的爱心——对自然的爱，对生命的爱。动物是我们人类的朋友，它们同样需要我们的关爱。有了爱，世界才会更美好。

这篇回忆往事的散文从一个侧面反映了小城生活的平静和美好。

黑娃钓鱼

●文/柯愈勋

任何一处池塘，任何一条溪沟，甚至，任何一方荷田，最常见的鱼，就是鲹子。

鲹子，只是一种小鱼。长的约有一卡，小的只有指头大。而且门类繁多：什么白甲鲹、桃花鲹、还有丁丁大的万年鲹——顾名思义是说：这种鱼，一万年都长不大。

钓鱼人都讨厌遇上鲹子。鲹子吃起食来，穷凶极恶，贪得很。往往是：一口叼上，拖起就跑。待你急忙忙拉起鱼竿，却又什么都没得。钓钩上的鱼饵反倒给叼跑了。

遇上鲹子，令人头疼。

遇上鲹子，自认倒霉吧。

一旦遇上这情况，最好的办法是——撤。

另寻窝子去。

说上鲹子，就得说黑娃了。黑娃的特点就是：对付鲹子。

黑娃，人如其名，黑不溜秋的。他是一个十二三岁的少年。精瘦精瘦的，健康、灵便。他原是农村孩子。他的家乡，地处浅丘陵地带，被选作修建飞机场的所在。他家赖以生存的土地，被征用了。他们全家便农转非当上了小城居民，爸爸也在小城里安排了一份工作。他们就此在小城里，安安静静地过着自己的日子。

不久,黑娃就和这湖交上了朋友——

在农村,黑娃的家就住在小河旁边,从小就和水打交道的黑娃,还少得了下河摸鱼捞虾么?

一根再普通不过的手竿,一个半新不旧的塑料桶。湖边,便经常可以看见黑娃的身影。看见他在施展他的特长——涮鲹。

一个涮字,道尽其中奥妙。

他用的铅坠很轻。鱼饵悬浮在半空,不用沉底。钓钩用的小号,便于鲹子吞食。蚯蚓,他不像钓鲫鱼那样,剩出老长一节,而是刚刚遮住钩。再就是——这是主要的——动作要快。他的口诀是:

鱼拖你就拖,保证跑不脱。

所谓涮——即是通过快、通过敏捷,来体现。

黑娃塑料桶里的鲹子鱼,又白花花一片了。这湖的鲹子鱼,颇受人称赞:个大、肥实。大家称之为:肥鲹。这会,黑娃又涮上一尾鱼,他熟练地取下,丢进桶里。

这鱼熬汤(汤里加点酸菜什么的),最好。汤面会浮起一层油,汤稠稠的,鲜得很。黑娃说。

这小家伙,真是又会玩,又会生活。

看来,黑娃的家人们,是经常享用这种免费供应的鲜鱼汤了。

愿他们好口福!

钓鲹能手

赏析/陈龙银

散文一开始写鲹鱼是怎样一种鱼,以及钓鱼的人是如何讨厌它的。因为这种鱼,作者便想到了黑娃,因为黑娃是钓鲹的能手。作者用较多的文字写黑娃是如何钓鲹的,让我们在阅读中也学到了一门钓鱼的学问。这篇回忆往事的散文从一个侧面反映了小城生活的平静和美好。

散文通过写画家来画画这件事，也间接地表现了家乡景色的优美和孩子的纯真、可爱。

画儿带到北京去

●文/陈秋影

我的家乡屯景寨，紧靠美丽的瑞丽江，就像一颗绿盈盈的宝石，镶嵌在绿色的缎带旁。

三天前，从北京来了一位画家叔叔，他戴着白色的遮阳帽，背了一只很大的油画箱。

我们这三个傣家孩子——我、岩沙和罕娜，一步不离地跟着他。我们喜欢看他画画儿，看他画绿色的凤尾竹，画树丛里的竹楼，画江面上飞翔的白鹭……我们更喜欢听他说北京的故事，我们对北京的一切都特别向往，画家叔叔理解我们的心情，他耐心地回答我们提出的所有问题，从来不表现出厌烦，这让我们更加敬爱他。

叔叔画完了寨子里的风景，又给我们这些傣家孩子画像。他画出的罕娜，真是美极了：大大的黑眼睛，粉红色的筒裙，那抿着嘴微笑的表情，比真人还要漂亮！他画出的岩沙，实在是威武呢，浓浓的眉毛，紧抿的嘴角，真有“小男子汉”的模样！至于我的画像嘛，那就更不用说，反正比我的任何一张照片都好上许多，寨子里的人见了，谁都要夸奖。叔叔说，他要把这些画儿带到北京去，送到展览会上参加展览，让更多的人能够欣赏到美丽的边寨风景，能够看到傣族孩子们可爱的形象。

叔叔离开寨子的那天，我们一直把他送到村寨边的大青树旁。直到叔叔走得很远很远了，我们还一直望着他的背影，舍不得离去。

现在，我、岩沙和罕娜，还是常常来到叔叔画画的大青树下，谈着

我们感兴趣的事:叔叔的画儿在北京参加展览了吗?北京的小朋友们会看到画面上的傣寨风景吧?他们也会看到我们三个人的画像吗?如果北京的小朋友到我们傣寨来,那该多好啊!我们一定会像对待画家叔叔那样,热情地接待他……

我们的问题很多很多,我们的幻想很远很远,风儿轻轻吹,白云慢慢飘,只有那棵垂着长长根须的大青树,耐心地倾听我们天真的议论,美丽的猜想……

让美流传得更远

赏析/陈龙银

家乡的美貌引来了一位画家叔叔。画家和"我们"三个孩子相处得很好,对"我们"是有问必答,从不厌烦,他给"我们"每个人画了极好看的相。可他不久便离开了,这让"我们"有些失落。散文通过写画家来画画这件事,表达了"我"对画家叔叔的思念,也间接地表现了家乡景色的优美和孩子的纯真、可爱。

“养儿读书，种地喂猪。”父亲的话很朴素，但却蕴含着深刻的道理。

父亲的格言

●文/侯建忠

几年前的一个秋天，我回老家正赶上父亲和母亲在地里起山药蛋。这是一块村里土质最差的坡梁地，刨出的山药蛋却一个个有拳头般大小，一会儿拾一筐，一会儿拾一筐。

邻村一位过路的，看到一个个喜人的大山药蛋，不由停下脚步，蹲下身子，加入到我们的行列。他一边帮我们拾，一边向父亲请教丰收的诀窍。父亲告诉他，除了调换了籽种外，关键是农家肥上得足。

老家是一个贫穷闭塞的小村，过去很少有读书人。上个世纪五十年代，政府鼓励孩子们上学。念了几个月私塾的父亲，考上了一所完小，家里人因舍不得几块大洋，没有让父亲上学，他的读书梦破灭了。二十多年后，父亲把他的读书梦想，寄托在我们兄弟俩的身上，他决心把我俩培养成读书人。为了供我俩上学，父母亲付出了许多心血和汗水。在那个缺钱又缺粮的年代，父母亲硬是以坚强的毅力和坚定的信念，供我们兄弟二人考上了大学。当时，村里许多人笑话父亲，放着两个儿子不让他们干活，却让自己一个人受罪，太傻了。

高考恢复后，我成为全公社有史以来，第一个考上大学的学生，接着我弟弟也考上了大学。一个贫寒的家庭，一下子培养出两个大学生，在周围引起很大的轰动。有一个人很好奇，专门从几十里外，步行赶到我家，看我父母亲长的什么样子，咋就供出两个大学生！

在我读小学的时候，还没有恢复高考，学校以劳动为主，但不论

上课还是劳动，父亲都没有让我因家中事忙而请过假。直到如今，父亲当年对我说的一句话，我还清楚地记得，他说我人小，让我高中毕业后，再念一年书多学点知识。而那时根本没有补习的说法，也没有人补习，多数人巴不得早日毕业。当时父亲也没想到，高考在我高中毕业前不久恢复了，让我正点赶上了高考这趟首班车。

村里有的人说，喂猪不合算，辛辛苦苦一年，零钱换个整钱，白干。父亲说，这话不对，剩下的粪上到地里，打下的粮食不就是挣下的。所以，不论农活多忙，父母亲每年都要喂上一头猪。与那些没有养猪的人家相比，我家的地总比他们长得好。

父亲平时常说，养儿要培养他们读书，种地就要喂猪。起初，村人并不把他的话记在心上，后来当他们看到我家的地长得好，父母亲苦尽甘来，生活超过了他们的同龄人，这才觉得父亲的话有道理。

如今，父亲的“养儿读书，种地喂猪”已成为村里人熟知的格言。随着时间的推移，父亲的格言也越来越为村里更多的人所接受。村里面不仅喂猪的人多了，供孩子们上学的人也多了。到目前为止，全村已有十几个孩子考上了大中专学校，有的还考上了名牌大学。

朴素的话，深刻的道理

赏析／陈龙银

“养儿读书，种地喂猪。”这是父亲的格言。家乡很穷，但父亲没有像村里其他人那样，让自己的孩子早早辍学回家种地，而是让孩子们多读书，尽量多学知识，两个孩子最后都上了大学。别人以为养猪不合算，父亲却坚持养猪，用猪粪肥田，多收了不少粮食。父亲的做法终于有了很好的回报，村里人不得不佩服他的“高见”。其实父亲的话很朴素，但却蕴含着深刻的道理。

散文按小马的成长经历来写，字里行间流露出“我”对丹丹的无比喜爱之情。

我的小马

●文/吴 然

戴上花冠，丹丹更漂亮了。

丹丹是匹小马，是我的小马。它是我家枣红马生的。

那时候，冬天刚过去。从玉龙雪山吹来的雪风，还很冷。丹丹的四条小腿直打颤，毛乎乎的身子紧紧挨着枣红马。我想去抱抱它，枣红马老用身子挡着。它太温顺了，胆子小得不敢离开妈妈一步。

真正的春天来了！玉龙雪山明朗的笑脸，在蓝天下闪闪发光。从山上流下来的小溪，欢快地走过村前的草滩。溪水里漂着杜鹃花、杏花和梨花的花瓣。鲜嫩的牧草，鲜嫩的野花！太阳的温暖，草滩的芬芳，使丹丹大吃一惊！它嗅着牧草和野花的香味，鼻翼痒痒地抖动着。枣红马用头推着它，鼓励它去奔跑。

丹丹怯生生地离开妈妈，用前唇轻轻地嗅触嫩草和野花。突然，一朵粉白小花飞了起来，吓它一跳。原来是一只蝴蝶。接着又飞来几只黄蝴蝶和花蝴蝶。它们围着丹丹忽上忽下、忽前忽后、忽左忽右地飞舞着，丹丹高兴极了。

夏天还没有过完，丹丹就长大了许多。你看它，通身像暗红缎子一样光滑、柔软、发亮；一双眼睛宝石般清澈、明净、美丽，简直是马族中的小王子呵！

丹丹成了我的好朋友，也是苏朗、木嘎、山梅的好朋友。放了学，我们就和丹丹在草滩上玩耍。

我们喜欢打扮丹丹。

采来野花，编成花冠，我们给丹丹戴在头上。还把一些花串披挂在它的脖子上，拴系在它的尾巴上。我们把它牵到溪边。它从溪水里看着自己的影子，故意撒娇，挤眉弄眼，傻乎乎地摇晃脑袋，逗得我们哈哈大笑。呵，当丹丹驮着我们的书包，在晚霞里走回家的时候，别提我们有多快乐了！

丹丹是我的好朋友

赏析／陈龙银

丹丹是匹小马，是“我”家的枣红马生的。它生于冬天，长于春天，夏天还没过完时，它就长大了很多。它长得漂亮，就像马族中的小王子呢！文章最后写“我”是怎么打扮丹丹的，足见“我”是多么喜欢它的。散文按小马的成长经历来写，字里行间流露出“我”对丹丹的无比喜爱之情。文章语言优美，描写细腻。

梧桐树是一种友情和精神的象征，它是我们校园生活的见证。

梧 桐 树

●文/吴 然

校园里的梧桐树，你是我们的朋友。

我记得你春天发芽的时候，灰白色的、有细柔绒毛的芽苞，是多么新奇、多么快乐地出现在枝头！春雨给你洗了澡，就像小弟弟微笑着睁开眼睛，你枝头的芽苞都绽开了。你的有着美丽斑纹的树干，绿得非常可爱。除了你，还有什么树的树干，能这样绿呢？

校园里的梧桐树，你是我们的朋友。

我想，在夏天那些炎热的日子里，你一定看见我在你的树阴下做功课吧？你也一定知道，这水磨石的圆桌，是什么时候安放在这里的吧？我听老师说，是以前毕业班的大哥哥、大姐姐们留下的纪念。梧桐树，你一定很高兴吧？光滑的、明净的、美丽的水磨石圆桌，安放在你的树阴下。我仰着头看你。透过你密密匝匝的绿叶，我看见晶亮的阳光在闪烁。我好像看见了夜空中的星星。我好像看见了你的明亮的眼睛。你也在看我吗？梧桐树！

校园里的梧桐树，你是我们的朋友。

秋姑娘还在忙碌着：忙着给田野里的庄稼涂颜色；忙着给果园里的果实涂颜色；忙着给山林里树木、野草，以及各种各样的秋天里的花朵涂颜色。梧桐树，我愿你永远鲜绿，永远有一片树阴。可是你摇摇头，又抖落几片树叶。满枝的叶片都要落光了，你就不难过吗？梧桐

树！我们把你的落叶积起来。我们点燃了叶片的枯枝。火焰跳跃着，发出呵呵的笑声。我们把黑色的灰烬，埋在你的脚下。让你落下的叶片，变成你的养料吧，这是我们非常真诚的希望。

我突然发现，原先在你树阴下的水磨石圆桌亮了起来。那里射着灿烂的阳光。我明白了，梧桐树！你是想，冬天特别需要阳光，你落了叶，好让阳光更多地照射大地吗？我敢肯定，梧桐树，你准是这样想的！

校园里的梧桐树，你是我们的朋友。你给我们浓荫，你给我们阳光。

我们的好朋友

赏析／陈龙银

梧桐树很平常，但这棵生长在校园中的梧桐树却有着特殊的意义。散文中有四处写到“校园里的梧桐树，你是我们的朋友”，也写了四层意思。文章是按季节写的，每个季节中梧桐树都有不同的表现。梧桐树是一种友情和精神的象征，它是我们校园生活的见证。作者写树，实际上是对校园生活的赞美，表达“我”对校园生活的向往之情。

天上的月亮那么美，月光下的家乡更美，美得让人陶醉。

走月亮

●文/吴 然

秋天的夜晚，月亮升起来了，从洱海那边升起来了。

是在洱海里淘洗过吗？月盘是那样明亮，月光是那样柔和，照亮了高高的点苍山，照亮了村头的大青树，也照亮了、照亮了村间的大道和小路……

这时候，阿妈喜欢牵着我，在洒满月光的小路上走着，走着。

呵，我和阿妈走月亮！

细细的溪水，流着山草和野花的香味，流着月光。灰白色的溪卵石，布满河床。哟，卵石间，有多少可爱的小水塘啊！每个小水塘都抱着一个月亮！哦，阿妈，白天你在溪里洗衣裳，而我，用树叶做小船，运载许多新鲜的花瓣……哦，阿妈，我们到溪边去吧，我们去看看小水塘，看看水塘里的月亮，看看我采过野花的地方。

呵，我和阿妈走月亮……

村道已经修补过，坑坑洼洼的地方，已经填上碎石和新土。就要收庄稼了，收庄稼前，要把道路修一修、补一补，这是村里的风俗。秋虫唱着，夜鸟拍打着翅膀，鱼儿跃出水面，泼刺声里银光一闪……从果园那边，飘来果子的甜香。是雪梨，还是火把梨？还是紫葡萄？都有，在坡头上那片月光下的果园里，这些好吃的果子挂满枝头。沟水汩汩，很满意地响着。是啊，它旁边，是它浇灌过的稻田。沉甸甸地，稻穗低垂着头。哦，阿妈，前面不就是我们家的田地吗？春天，我们种油菜

花，种蚕豆。我在豆田里打兔草。我把蒲公英吹得飞啊飞……收了豆，栽上水稻。看，稻谷就要成熟了，像一片月光镀亮的银毯。哦，阿妈，我们到田埂上去吧！你不是说民族中学放假了，阿爸就要回来了吗？我们采哪一塘新谷招待阿爸呢？

呵，我和阿妈走月亮……

有时，阿妈给我讲一个故事，一个古老的传说；有时，却什么也不讲，只是静静地走着，走着。阿妈温暖的手拉着我，我嗅得见阿妈身上的气息。走过月光闪闪的溪岸，走过石拱桥；走过月影团团的果园，走过庄稼地和菜地……呵，在我仰起脸看阿妈的时候，我突然看见，美丽的月亮牵着那些闪闪烁烁的小星星，好像也在天上走着，走着……

多美的夜晚啊，我和阿妈走月亮！

家乡的月亮格外圆

赏析／陈龙银

这篇散文讲的是“我”和阿妈走月亮的事，描绘了家乡的美丽景色，表达了“我”对家乡的热爱之情。散文语言很美，写景中抒情，情景交融。天上的月亮那么美，月光下的家乡更美，美得让人陶醉。文中有三处写“呵，我和阿妈走月亮”，表达了三层不同的意思。文章脉络清晰。

我捧着这张珍贵的照片，一朵火花在心头闪现：我要迈开坚实的脚步，跨入新世纪，描绘祖国灿烂的明天！

大胡子爷爷的照片

●文/程逸汝

妈妈有张珍贵的照片，每逢教师节总爱拿给我看：照片上有位老爷爷，雪白的胡子飘在胸前。

妈妈说："他的学问像大海无边，他的故事比胡子还多。"我想，他一定是个科学家，坐着火箭到过宇宙间；或者，至少是个工程师，把高楼盖到了白云间……

妈妈笑了："他是个普通的小学教师，尽管他干什么都出类拔萃，但他却愿生活在孩子们中间。他把自己的智慧种子，全部撒进了孩子们的心田。这就是他心中的理想，看上去简单而且平凡。"

啊！我捧着这张珍贵的照片，一朵火花在心头闪现：我要迈开坚实的脚步，跨入新世纪，描绘祖国灿烂的明天！

平凡而伟大的职业

赏析／陈龙银

妈妈给"我"看一张照片，"我"以为照片上的爷爷是个了不起的

名人呢。可妈妈说,他只是个普通教师,并且告诉“我”,正是这样的普通教师为我们点亮了心中的明灯。这一天正好是教师节。这是一篇赞美教师的散文,讴歌了这一职业的崇高和伟大。小朋友,你是怎么理解“教师”这一职业的?

散文写的虽是一件小事,却充分体现了学生对自己老师的爱。这种爱是多么纯洁!

四十只苹果

●文/程逸汝

六一的早晨,天气那么晴朗,文文和学习委员晶晶各拎着沉甸甸的塑料袋,轻轻走进周老师的病房。刚想亲热地呼喊,却看见周老师睡着了。

班主任周老师住院手术治疗胆结石。去年的六一,周老师带领大家唱歌、跳舞,多么快活！今年的六一,大家格外想念周老师,四十个同学都想去探望,却怕周老师太累。派两个同学探望,又怕难以表达其余同学的心意。唉,怎么办呢?

办法有啦！瞧,文文和晶晶轻手轻脚地将鲜红的大苹果,一只一只摆在床边柜上。哦,每只苹果都贴着彩纸,上面写着赠言:“亲爱的周老师,我们时刻想念您!”“桃花红了,李花白了,周老师快到我们中间来!”“辛勤的园丁,您好!愿您早日恢复健康!”……赠言下面签着姓名。这就是同学们想的好办法。

一会儿，文文、晶晶走在大街上，六一的风吹拂着胸前的红领巾，他们默默地想着：啊！四十只苹果，四十颗同学的心啊。

四十只苹果四十颗心

赏析／陈龙银

这是一篇表达师生之间感情的散文。六一儿童节到来了，可他们的班主任周老师却病了，不能和孩子们一起愉快地活动，这多可惜！怎么办？孩子们多想念老师呀，便纷纷来到老师的病房，每人给老师送上一只苹果，并写上一句话表达心声。散文写的虽是一件小事，却充分体现了学生对自己老师的爱。这种爱是多么纯洁！

童心是纯洁的、高尚的，如果我们都有这样一颗纯洁的心灵，这世界会变得多么美好！

甬　道

●文/肖显志

我家住宅楼的背面是一条水泥甬道，没有多少人走，落了一层细细的尘土，就如黄色的地毯，绒绒的。

那天早上，我在阳台上做完“健身功”，顺眼下望，见小女儿曦在甬道上用石块画房子，画完房子便提起左腿跳房子玩。

正玩着，一位老奶奶蹒跚地走过来。曦见了，停下来，缓缓放下提着的左腿。

老奶奶越走越近，曦突然用鞋底擦起在甬道上画的房子来，是那么匆忙，显得慌乱。

老奶奶走近了，曦急忙扬起小手挡住她说：“老奶奶别走，还有一道墙没擦掉呐！”

趁老奶奶在一条线前停下脚步的当儿，小女儿飞快地把那条线擦掉了。

“请过吧！老奶奶，墙拆掉了。”曦让过身子。

老奶奶过去了，小女儿又开始用石块画房子，跳房子玩。

五岁的小女儿怎么会想到，她画的“房子”会挡住老奶奶的去路呢？那本是一条条画上去的线线，根本不是什么墙啊！不管孩子是怎么想的，反正她把费挺多劲儿画好的“房子”拆掉了，把“墙”拆掉了，让老奶奶顺利地走过。

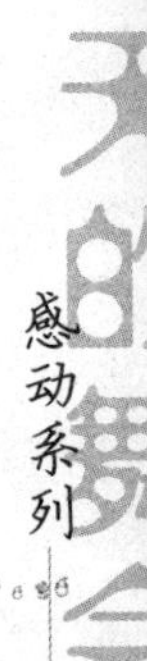

收回目光，我在阳台上踱着步，再望满目的楼房满目的墙壁，不禁感慨：世界上有好多为满足自己欲望，而在别人前面所设置的“墙”太多了，面对孩子的行为该羞愧地倒塌、拆除！不是吗？

为别人开出一条顺畅的甬道，给人多些前进的平坦，你会感觉幸福的。

不留挡道的“墙”

赏析／陈龙银

女儿在甬道上画了许多横杠杠，她在“砌墙”“搭房子”，想玩跳房子的游戏呢。可就在这时候来了一位老奶奶。她想，这“墙”会挡道的，得赶紧擦去。女儿很认真地擦去了地上的“墙”，让老奶奶走了过去。——她沉浸在游戏中，她所想像的也被当成现实的了。她不让墙挡住别人的通行，这是多么可贵的品质！童心是纯洁的、高尚的，如果我们都有这样一颗纯洁的心灵，这世界会变得多么美好！

听着两个女儿欢悦的声音，我祝福着：但愿这光亮能飞到她们的心中，驱除所有的黑暗，亮起所有的光明，拥有阳光灿烂的心灵。

萤火虫儿

●文/肖显志

大女儿旸生性怯懦，胆子小，怕老鼠、怕蟑螂、怕毛毛虫，尤其怕黑暗。夜里睡觉时总是不让妈妈关灯，害得妈妈只好等她睡实了，再偷偷把灯关掉。

那天晚上，旸从乡下姥姥家度完暑假回到家天已黑了。她进了房门就嚷嚷："关灯！快关灯啊！"

妈妈对大女儿的反常举动感到很奇怪，这孩子怕黑怕得不行，今天怎么要关灯啊？就问："旸，关灯干什么呀？"

"关么！关么！"旸说着在屋子里跑来跑去把一盏盏灯关掉了，屋子里顿时漆黑一片。

在我诧异之时，只听一阵窸窸窣窣的声音过后，黑暗中出现了一个个飞行的火亮。

"看啊！看哟！多漂亮的萤火虫啊！"旸在黑暗中欢呼起来。

噢！原来是一只只萤火虫啊！

旸的妹妹曦跳着脚拍着小手唱起儿歌："萤火虫，亮晶晶，一只一只提小灯。飞到西，飞到东，它为人间送光明。"

萤火虫的光亮在我眼前飞来飞去，把我刚才的诧异焚尽了，让我明白大女儿为什么不再害怕黑暗的缘故——原来是萤火虫给了她勇敢啊！

听着两个女儿欢悦的声音，我祝福着：但愿这光亮能飞到她们的心中，驱除所有的黑暗，亮起所有的光明，拥有阳光灿烂的心灵。

带来光明的萤火虫

赏析／陈龙银

旸非常害怕黑暗，开着灯才敢睡觉。可她从姥姥家回来这一天却很反常，竟嚷着要妈妈关灯。原来，屋子里进来一只只萤火虫儿，她被这些小小的虫子吸引了。这篇散文讲述的事情很简单，却反映了旸纯洁的心灵，体现了童真的可爱，表达了作者希望自己的女儿心中永远是光明的这一美好愿望。

分享是快乐的，分享是一种好品质。我们有了快乐，要学会与人分享。

童心反光

●文/肖显志

下班回家，见五岁的小女儿曦正在院子门前和四个与她年龄相仿的小朋友玩耍。她们见我，各操起一面小镜子往我脸上反射阳光，随之发出小鸟般的笑声。

“哪儿来的镜子？”我一问，曦急忙把小镜子片藏到身后，别的孩子也下意识地学着曦的动作。

我往地上一瞥，才发现在她们脚下扔着一个圆型的镜架。噢！这不是我和妻子结婚时买的那一对儿圆镜子的其中一个吗？

“为什么要损坏它？”我板起面孔。

曦胆怯地往后退着，别的小孩也往后退着……

“为什么？”我提高了声音。

曦这才喃喃地说：“我有……她们没有……”

我一下子怔住了，好半晌。哦！我明白了，小女儿是为了让小朋友们都有一面小镜子，才把好好的镜子给打破了的。

为了别人渴望的美好而打破自己所拥有的美好，这是一个痛苦的抉择。小孩子能做到，大人会怎么样？大人如果也像小孩子那样，美好不就满世界了么！我这样想着，觉得脸上开始微笑了。

孩子们不怕微笑，从身后拿出小镜子给我晃阳光。哦！我看到我的眼睛里满是阳光的灿烂。

快乐要与别人分享

赏析／陈龙银

因为自己有小镜子，而别人没有，女儿便打碎“我”和妻子结婚时买的大镜子。这让“我”很生气。但当“我”得知女儿是想让大家都有一面镜子，要与他人共享玩镜子的快乐时，“我”转怒为喜了。这篇散文反映了女儿的好品质，也体现了“我”对这一品质的赞美。分享是快乐的，分享是一种好品质。我们有了快乐，要学会与人分享。

我望着那一闪一闪的冰灯光芒，祝福着这冰灯之光能照亮她一生的路……

冰灯之光

●文/肖显志

腊月二十三过了小年，家家户户的门楣、院前就挂起一盏盏灯笼——纸灯、纱灯、玻璃灯……我的工资连家口都难养活，屋子里连取暖的炉子都没有，冷得墙壁长胡子，哪有闲钱给孩子买灯笼啊！

六岁的大女儿旸眼巴巴地看着她妈妈，说："人家都有灯笼玩，妈妈，也给我扎个灯笼吧！"妻子说："好吧！妈给你做个冰灯。"

于是，妻子把小铁水桶灌上水，拿到外面冻成冰砣砣，再把冰砣砣用柴火烤下来，砸个小洞，倒出里面的水，放上蜡烛，一盏冰灯就做成了。

旸拎着亮晶晶的冰灯踮着脚跑出去，到街上找小朋友们玩去了。街上聚了好些拎着灯笼的孩子，对我女儿的冰灯羡慕得不得了。

小福子就央求说："旸，到我家去，叫我妈看看，也给我做一个。行不？"旸点点头，他们就去了在我家隔壁的小福子家。

小福子家屋地当中生着筒炉子，火苗着得呼呼作响，真暖和啊！旸就拎着冰灯靠近炉子，去享受炉火的温暖。

不一会儿，小福子把他妈妈叫来了。一见旸手里的灯叫了起来："旸，你这灯咋发乌了呀！"他话音刚落，旸手里的冰灯"啪"地化落到地上，摔成无数碎片。旸见冰灯碎了，怔了一会儿，"哇"地一声哭了，转身跑出屋。

我闻声赶过去，小福子的妈妈见我忙说，他儿子没欺负旸，是这孩子烤炉子把冰灯给烤化的。我安慰着旸：“井里有的水就能做冰灯，再做一个就是了。”

很快，一个透明的冰灯在我妻子手里又做成了。旸看着冰灯咧嘴儿笑了。我叮嘱她：“千万不能到暖和地方去啊！越寒冷，冰灯才越亮。”旸似懂非懂地点点头，说了句：“记住了，越寒冷，冰灯才越亮。”跑去了。

我望着那一闪一闪的冰灯光芒，祝福着这冰灯之光能照亮她一生的路……

不一样的冰灯

赏析／陈龙银

因为家里穷，买不起灯笼，妈妈便用冰块给女儿做了一盏冰灯。女儿拎着这与众不同的冰灯，竟引来众人羡慕的目光。冰灯怕火，女儿一开始不知道，冰灯化了。后来妈妈又为她重做了一个。这篇散文所记的只是一件生活小事，却让我们体味到，人穷不要紧，快乐才是最重要的。

也许大自然能够化解思想的碰撞，因为我们都能够自愿地接受大自然美好灵性的感化。

接受大自然的感化

●文/张年军

那是一个多么美妙神奇的世界。

那就是夏令营，是她常常神往的地方。

这一天，她终于站在了绿色葱茏的小树林中。蓝天、绿草、蝴蝶、飞鸟……

她兴奋地奔跑、尖叫，她忘掉了久居校园围墙内滋生出来的忧愁和烦恼，尤其是，和同桌纠缠不休的大大小小的矛盾，现在想起来，似乎根本就不值一提呢！

忽然，她看见一只花蝴蝶飞过来，她的双眸立即随着花蝴蝶飞翔的舞姿而灵动起来。

就在这时，像一个幽灵似的，她的同桌突然出现在她的眼前，和她一起，追逐着花蝴蝶，欣赏着花蝴蝶的美姿。

她看见同桌那盯着花蝴蝶的一双眸子变得那么纯净，那么明亮而温柔。她的心里忽然有一种说不出来的复杂的滋味——美好与和谐，还是温馨与宁静？好像二者兼而有之吧！

当同桌的目光渐渐地从蝴蝶身上飘离，投射到她的眼眸中来时，她的心竟然猛地搏动了一下。

四目相对，忽然都感觉到当面对弱小而可爱的生命时、当面对充满灵气的大自然时，都能从对方的眸子里发现美好与和谐、温馨与宁静，它们没有经过一丝一毫的伪饰，也没有半点矫情，它们是在那一瞬间和大自然融为一体的。大自然还有那些弱小的生命具有弥足珍贵的谦和与忍让精神，并且潜移默化地感染着她和她的同桌的思想、脾性……

于是她们友好地笑笑，一同追逐着依然美丽地翻飞的蝴蝶。

也许大自然能够化解思想的碰撞，因为我们都能够自愿地接受大自然美好灵性的感化。

自然能净化心灵

赏析／陈龙银

自然能净化人的心灵。当我们和夏令营这个集体一起走进大自然时，我们忘记了一切烦恼，忘记了和同桌曾经历过的不快。大自然多么美好！在大自然的面前，我们会得到许多有益的启示。走，让我们一起投进大自然的怀抱，接受它的感化吧！我们的心灵会变得更加美好！

古人说："少壮不努力，老大徒伤悲。"人们也常说：三岁看老。这些话都在告诫我们，少时努力和养成好品行是多么重要。

假　如

●文/张年军

一个白发苍苍的老者蹲在地上向路人乞讨。

一个少年走过去，掏出一枚硬币，瞄准了老者手中的空碗。少年手指一松，硬币砸在了空碗里，发出"当"的一声响。

少年的脸上立即现出满足的微笑，他享受着一种复杂的说不清道不明的快感。

老者看着无知少年的眼睛，少年看着老者的白发。

那白发向无知少年诠释着岁月的沧桑，也给无知少年一个大大的问号：他从哪里来，要到哪里去？

少年竭力想从那白发中读出一些答案，却没能成功。

少年离开了老者后，依然不断地回望，后来，他终于停住，转过身，从远处阅读着老者的白发。此刻，似乎白发给了他一些启示，他开始设想着这个老者和生活生命攸关的一些问题——

假如老者少年时是一个纨绔子弟，那么，他是不是因为吃喝玩乐，骄奢淫逸，而把自己的家产挥霍殆尽了呢？

假如老者少年时拒绝接受学校教育，那么，他是不是因为大字不识，而使自己失去了许许多多就业的机会呢？

假如老者少年时懒馋占贪，那么，他是不是因此而成了一个名副其实的懒汉，而面对许许多多就业的机会根本就不予理睬呢？

假如老者少年时打架斗殴，屡进监狱，那么，他是不是刚刚从高墙里面出来一时还不适应我们这个自食其力的社会呢？

无论少年怎么“假如”，他怎么也读不出老者究竟是何方神圣。

不过，有一点是少年始料未及的，那就是：少年时代的每一个行为、每一个事件，都将影响你一生的进程。无论是骄奢淫逸、大字不识、懒馋占贪、屡进监狱，都能导致你的无所作为。

此刻，少年忽然从乞丐老人的白发中读出了有关生命的另一种启示。

少年从白发中读懂的

赏析/陈龙银

这篇散文很有哲理性。它通过写一个少年给一位乞讨的老者扔下一枚硬币，并由此而想像他的身世，启发人们思考：应该有怎样的少年时代，才能避免不幸的晚年。文中写了一连串的“假如”，那是少年的推断，更是我们应记取的。古人说：“少壮不努力，老大徒伤悲。”人们也常说：三岁看老。这些话都在告诫我们，少时努力和养成好品行是多么重要。

一个人为了做一件微不足道的好事甘愿费尽心力，那就说明这个人将来一定能成就大事业。

于细节处见品质

文/张年军

老师带着两个男女生去参加一个比赛。

老师走在后面，两个男女生走在前面。老师要去大门口找一个人，让他们先上台阶。

那时已近黄昏，演播厅大楼台阶上原本应该洒满了夕阳的余晖，可这时已是人影朦胧，模糊一片。不知什么原因，大楼前的灯光还没亮起来，走上台阶时，不时有人被绊了脚，有的还打了一个趔趄。

走在前的男孩忽然在台阶中间停住，回头望望后面的女孩，并且指指她的脚底下。男孩虽然没说什么，但女孩已经对她的“指示”心领神会，女孩微笑着点点头，表示对男孩的感激之情。接着，女孩很顺利地一步步迈上台阶。

男孩站在原地没动，依然保持着原先的姿势；女孩迈上台阶后又返回来，和男孩站在一起，等待着老师的到来。

男孩要像对待女孩那样在昏暗中给老师指示路径；女孩要像男孩对待自己那样对待老师。

老师走到台阶附近时想起口袋里有一个手电筒，刚要拿出来时，忽然看见男孩和女孩正站在台阶跟前，很显然，他们是要给老师指示路径，为老师当一回烛照方向的灯塔。

老师急忙把拿手电筒的手抽了出来，然后任由他们搀扶着走上台阶。

老师想，如果我拿出了手电筒，就会拂了他们的好意——当一个人自发地做一件好事时，他的潜在的品质将会如沐春雨，所以我要成全了他们；此外，我还发现了一个更为重要的信息，那就是，一个人为了做一件微不足道的好事甘愿费尽心力，那就说明这个人将来一定能成就大事业。

小中见大

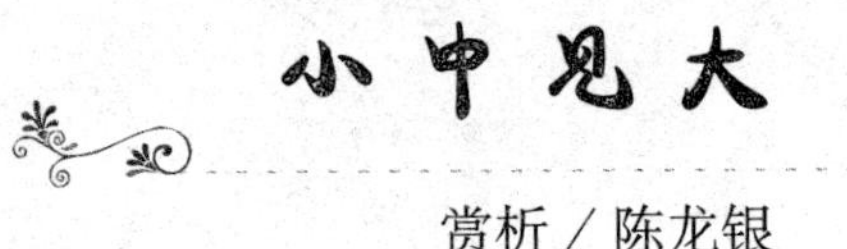

赏析／陈龙银

这篇散文写的事很简单：两个学生和他们的老师在昏暗的夜色中走台阶，走在前面的男孩为身后的女孩指路，在他的影响下，女孩便和男孩一起又为他们的老师指路。事情很小、很平凡，但却体现了两个学生的良好品质。他们都有一颗爱心，知道如何关心、帮助他人。以小见大，这是本文的一大特点。

人生道路不可能尽是坦途，肯定有坎坎坷坷。但我们应有怎样的态度呢？读了这篇文章，你一定有所领悟。

人生境界

●文/张年军

少年问风："我怎样才能做到具有坚强的毅力和顽强的生命力？"

风说："当我裹挟着雷电雨雪以摧枯拉朽之势向你袭来时，你当张开双臂笑迎着我的到来；当你的双臂实在是经受不住我的袭击时，你微微弓起腰身，以减少我给你带来的阻力；这时你千万不要停止自己前进的脚步，否则我将赐给你亲吻大地或如秋叶一般随风飘零的机遇。"

少年说："我懂了，原来暂时的妥协是为了更为勇猛的拼搏。"

少年问花："我怎样才能做到具有坚强的毅力和顽强的生命力？"

花说："没有谁能够像我这样无论是沐浴阳光吮吸甘露还是遭受风雨的袭击都能够绽开笑脸，承接着残酷的拍打、无情的摧残，即使我的花瓣被迫凋零，也能够化作春泥更护花。"

少年说："我明白了，原来，当我们经受考验的时候，我们依然心态平和——这就是人生境界之一呢！"

少年问雨："我怎样才能做到具有坚强的毅力和顽强的生命力？"

雨说："大雨滂沱的时候，你托举着自己坚贞的头颅，行走在泥泞不堪的山间小路；你有一把伞，却并没有用来阻止来自大自然的考验；你昂首向天，倾听着美妙的天籁之声；你说，我喜欢，我愿意——"

少年说："我知道了，原来，这就是挫折教育的一部分呢！"

少年问雪："我怎样才能做到具有坚强的毅力和顽强的生命力？"

雪说："当你身上布满了白色的花朵，你依然深一脚浅一脚地行进在厚达十厘米的雪原；你一边走一边回望着自己身后留下的脚印，觉得这正是你的人生旅程的真实写照；也许前方没有尽头，但你觉得，只要生命能留下痕迹，即便遇上罕见的暴雪，你也无怨无悔。"

少年说："我终于理解了，原来，雪原是对生命的考验，生命是对雪原的回报。"

问答中的哲理

赏析／陈龙银

这篇散文以对话的方式来写，以少年问、事物回答的形式反映出深刻的哲理，让我们知道在人生道路上应有怎样的境界，应具备怎样的品质。人生道路不可能尽是坦途，肯定有坎坎坷坷。但我们应有怎样的态度呢？读了这篇文章，你一定有所领悟。

书中乐趣多，多读书不仅能愉悦身心，也能增长见识。

小小“俞二郎”

文/俞春江

上小学的时候，“精神食粮”奇缺，能看到一本课外书，就跟过节一样快活。有一回，哥哥不知从哪儿弄来了一本名叫《武松》的小人书，把我馋得要命。可他就是不给我看，生怕弄坏了。这玩意儿，爸爸是不给看的，我便扬言要告诉爸爸，他没了法子，只好答应给我看一会儿。

我揣着小人书，躲到村后的麦地里，飞快地看了一遍，觉得不过瘾，又重新翻了一遍，连图画也细细“研究”了一番。合上小人书的时候，天已经黑了。

回到家，当然免不了挨爸爸一顿骂，可心里还是快活的。晚上躺在床上，便品位起书上的故事来：武松喝了十八碗酒后，还能翻过景阳冈，打死老虎，他可真厉害！想着想着，武松竟然来了，拉着我就上了景阳冈。老虎伏在草丛里，我和武松举着大棒子，你一下我一下地猛揍……

第二天醒来时，太阳已经老高了，背着书包飞快地跑到学校，刚坐下，教语文的赵老师就挟着卷子进来了，今天测验?！还好，题目不难，我不一会儿就做完了。坐在那儿，我又想起了武松，“在下便是武松武二郎。”武松总喜欢这么说，多气派！对，我何不把名字也改了，叫“俞二郎”呢？想到这儿，我拿起橡皮把名字给擦了，然后，大大咧咧地写上“俞二郎”三个字。

几天后，发卷子了。人人都拿到了卷子，惟独不见我的。正在着急之时，忽听赵老师喊：“俞春江，下课后到我办公室去一趟！”这下完

了！下了课，我忐忑不安地走进了办公室。

“这次你考得不错，九十五分。”出乎意料，赵老师的态度十分和蔼。停了一会儿，他又指着卷子上的姓名说：“你看过《水浒》？”

“没……没，看过《武松》。”

“《武松》，我怎么没听说过？”

“是本小人书。”

“噢。你想看《水浒》，是吗？”

我使劲点了点头。

“这样吧，我这有本《水浒》，你拿去看吧。”说完赵老师拉开抽屉，递给我一本砖头般的厚书，又补充道：“一天看几页，别贪多。记住，一定等作业做完了再看。”

我忙不迭地答应着，一阵风似的跑出了办公室。

那是一本完整的《水浒》，书上有不少字我都不认识，一边看一边还要查字典。不过，它比那些小人书可有劲多了。

几个月后，我终于看完了《水浒》，这才知道，原来“好汉”多得很呢：宋江、林冲、鲁智深……个个都厉害。比起他们，武松并不那么出色。可是，我还是崇拜他，并向自己保证：“有朝一日，‘俞二郎’会比‘武二郎’更棒！”

书中乐趣多

赏析／陈龙银

这篇散文围绕“我”看一本名叫《武松》的小人书这件事来写，写了“我”是怎样看到这本书、是怎么看的、回家后发生的事，还详细地写了第二天考试及考试后发生的事。文章反映出“我”对有趣读物的渴求，也体现出老师对“我”看课外读物的鼓励。书中乐趣多，多读书不仅能愉悦身心，也能增长见识。